TopBook
饕书客

一个人，遇见一本书

千鸟

[日] 铃木三重吉

日本唯美派作家

『夏目漱石门下四大天王之一』

铃木三重吉经典作品

纯真的爱情，隽永的韵味

明治、大正时代文坛的

璀璨明珠

周飞 王晓夏 田东 译

陕西新华出版传媒集团
陕西人民出版社

图书在版编目(CIP)数据

千鸟 /（日）铃木三重吉著；周飞，王晓夏，田东译. —— 西安：陕西人民出版社，2022.3

ISBN 978-7-224-14422-2

Ⅰ.①千… Ⅱ.①铃… ②周… ③王… ④田… Ⅲ.①短篇小说—小说集—日本—现代 Ⅳ.①I313.45

中国版本图书馆CIP数据核字(2022)第028314号

出 品 人：赵小峰

总 策 划：刘景巍

整体策划：韩　琳　关　宁

策划编辑：晏　藜　王　凌

责任编辑：王　倩　张启阳

整体设计：哲　峰

千　鸟

作　　者　［日］铃木三重吉

译　　者　周　飞　王晓夏　田　东

出版发行　陕西新华出版传媒集团　陕西人民出版社

（西安市北大街147号　　邮编：710003）

印　　刷　西安市建明工贸有限责任公司

开　　本　787毫米×1092毫米　32开

印　　张　6.875

字　　数　120千字

版　　次　2022年3月第1版

印　　次　2022年3月第1次印刷

书　　号　ISBN 978-7-224-14422-2

定　　价　29.00元

1

关于铃木三重吉

——写在《千鸟》之前

周飞

日本作家铃木三重吉于1882年出生于广岛县广岛市的猿乐町，是家里的“三男”（第三个男孩）。

9岁丧母的他从小就展现出非同寻常的创作才能。1897年，年仅15岁的他开始向杂志投稿，在杂志《少国民》发表作文《天长节之记》，又在杂志《少年俱乐部》发表作文《追慕亡母》。

随着年龄的增长，他的才能越发展露。1904年，22岁的他考进了日本最高学府——东京帝国大学（现东京大学）的英文科，师从时任东大英文科讲师的文豪夏目漱石。1905年，他的神经衰弱加重，不得已休学回到故乡广岛静养。在广岛能美岛悠闲养病的日子，他产生了《千鸟》的创作灵感。同年12月到次年3月，他在岛上和广岛市的家中将处女作《千鸟》写成后，便寄给了在东京的漱石。漱石读过《千鸟》的原稿后大为赞赏，随即将作品推荐给了著名俳人高浜虚子。高浜虚子随即将其发表在了自己和师父正冈子规一同创办的文学杂志《杜鹃杂志》（也译作《不如归》）上。

处女作《千鸟》的发表让铃木三重吉成为漱石弟子中的核心成员，后被称为“漱石门下四大天王”之一。1906年9月，他结束疗养回到东京后参加漱石的“木曜会”，结识了高浜虚子、小宫丰隆等著名文学家，为他在文坛的活动和发展打下了人脉基础。

1917年，遇到小说创作瓶颈的他转向创办儿童文学杂志。经过一段时间的筹备，他于1918年创办了儿童文学杂志《赤鸟》。《赤鸟》的创办得到了文坛的支持。在日本国内享有很高知名度的《魔术》、《蜘蛛丝》、《杜子春》（芥川龙之介）、《一串葡萄》（有岛武郎）等童话均发表于这本杂志，北原白秋、小内山薰、久保田万太郎等明治、大正时代的文坛名家也纷纷在其上发表作品。

《赤鸟》寄托了铃木三重吉的文学理想。他批判当时充斥着说教色彩的作品，也反对轻视儿童文学的创作态度，在《关于我的创作与编辑》一文中，他直截了当地表达了对当时日本儿童读物粗鄙、低劣的现状的不满，主张要给孩子看高品质的儿童读物。《赤鸟》从1918年创刊，到1939年铃木三重吉因肺癌去世，共发行196期，据说全盛时期发行量高达3万余册。不仅培养了大批名家、孵化了众多名作，还在当时的日本文坛掀起了一股儿童文学热潮，《金船》《童话》《太阳公公》《童街》《儿童文学》等其他儿童文学杂志也纷纷涌现，为文坛带来了新的生命力。

虽然铃木三重吉身为漱石门徒，又在文学史上留下了诸多伟绩，但遗憾的是，无论在日本还是国内，他的名字被淹没于明治、大正时代文坛繁星般璀璨的名家之中。读者对他的了解，也多集中在他和《赤鸟》对日本近代儿童文学史的影响，而他自身的作品却鲜受注目。

本书的目的和使命，就是将三重吉的文字近距离地带到读者面前，为读者打开通向他的文学世界的门扉。本着这个目的，译者在尽量避免破坏原作语言风格的前提下，以帮助对日本文学和文化有一定了解的中国读者理解原作的故事和作品中世界的风貌为目的进行了翻译。

本书从铃木三重吉的作品中选择了三部小说介绍给各位读者，它们分别是他的处女作《千鸟》，发表于1907年的第二部小说《山彦》，以及发表于1913年的《桑葚》。其中前两部作品属于他早期的作品，而《桑葚》则属于他的中后期作品。

最后，限于译者水平，尽管极力谨慎推敲，但或许仍有谬误发生，还请读者不吝赐教。

目录

千 鸟

千鸟的故事，要从做买卖牛马生意商铺家的女儿阿长说起。一个初秋的傍晚，脸色铁青的阿长在屋檐下铺了张席子，垂头丧气地坐在上面。排成一排晾在外面的广岛腌菜上，已经连一丝日光都没有了。我穿着洋服跑上小丘。阿长用无助的眼神望着我，先是用拇指和小指比画着，又比画着用布带把袖子绑起来的动作，这个说的应该是阿初。哑巴阿长比画完，意思应该是说他们三个人都出门了。至于她用手支着脑袋努了努下巴是什么意思，就不得而知了。麦秆扎起来的头发，就算用手拢上去，也会马上垂下来。

进了客厅，一个人都没有，十分无趣，来到走廊，随意地向偏房走去。山脚下的人家好多都在织白棉布，织布的声音就像纺织娘的叫声一样。过道的地面上有一条女人衣带那么宽的花圃，里面大概开了两三种花。花圃尽头是一株水仙，

2

登上一个矮矮的台阶，是一个六叠[1]的中层。我留下当作纪念的摺绘[2]还挂在墙上，显得有些昏暗。当我看到这幅画的时候，才终于有了一种好像回到自己家一样的感觉。地板上一个不大的花瓶里，插着四五枝龙胆花。夏天在这儿逗留的两个月里，我经常更换花瓶里的花，因此从未缺少过芬芳。旁边的壁橱门里，一条红色的外衣带探出头来。轻轻扯了一下，毫无阻力地扯出来一截。想看看这条衣带究竟有多长，就整条都扯了出来。

我一会儿把衣带叠起来，一会儿又缠在手上，玩个不停。一会儿又从头顶垂下来，像系帽子的绳子一样，在下巴上系了个扣。手里拽着垂下来的部分，跪在地上看着墙上的画。

这幅画，是从*Nations Picture*里摘出来的一幅画。一个女人穿着白色的衣服，胸前插了一朵红色的花，就像渗着鲜血一样。眯起眼睛盯着画看，女人仿佛逐渐从画里探出身子，朝我这边过来。

不经意间，一个年轻妇人坐在了我身后—— 一看就是出身名门的大家闺秀——举止优雅地向我问候。我则十分窘迫地解下下巴上系着的衣带。

---

① 叠：日本房间的计量单位，一叠等于1.62平方米。

② 摺绘：小型的浮世绘作品。

“我们都等了您好久了，”妇人微笑着说，“像我们这种出入不便的小岛，大家都说尽管您说要来，但实际上肯定会觉得这里不方便，也就不会来了，失望得很。”

妇人语气中好像对我很是熟悉，令我感觉就像被传说中的狐狸诓了一样。黄昏时分，小丘上的一间孤宅里怎么会有女人忽然出现，像多年好友一样跟我搭话呢。我既没见过她，也猜不到她是哪家的谁。我一边扭扭捏捏地叠弄着手里的衣带，磨蹭了好半天才开口说道：“听说伯母他们全都不在家。”

“啊，今天下午他们都下地拔萝卜去了。”

“去哪片地了？我也去看看吧。”

“不不，他们刚刚做完活儿，现在正热热闹闹地往回走呢。”

“刚才我以为家里没人，就自己进来了。”心里想起了阿长托着脑袋的样子。女人说，其实是她有些头痛，正躺在里间，是阿长从后门跑去把她叫起来的。

“现在已经没事了。”女人垂下目光。看来她是起来之后穿戴整齐才出来的。

稍过一会儿，她张口问道：“您最近身休好些了吗？”

听起来像是对我很了解。

“脑袋还有些不太清醒。其实，我申请了一年的休学。”

“是这样啊。伯母每天都在担心您呢。这次您来了，她一定高兴得不得了。……现在想来，和您的缘分还真是奇妙。”

“还真是的。今年夏天，我忽然就想起来这里避暑了——因为我不太喜欢人多的地方——我来之前就知道这里没有旅店，若我一下船现去找地方住，肯定没有地方可住的，可为难坏了。”

她微笑起来。

“不过那也是没办法的事情。万般无奈之下只好去村公所想办法。这里的村长是个光头吧。”

“是啊，呵呵呵。”

“不过村长人特别好，可替我着想了。”

“听说他跟伯母说，您是个没了母亲的人，问能不能让您住在这里。”

“是的。回想起来，我第一眼看见伯母的时候就觉得十分亲切。”

“您说得没错，伯母是个十分善良的人，所以就决定照顾您了。”

“现在对我来说，伯母简直就像亲生母亲一样。现在在我自己家，反而会觉得像是出门在外一样。”

“伯母也开玩笑说，说不定青木先生就是她分别多年的孩子呢。”

“刚想起来，之前听说伯母的手指受伤了，现在已经好了吗？”

“已经没事了，只是被小刀划伤了而已。”

我们两个边聊边等。马铃的声音沿着外墙的墙根越来越近，牵马的女人唱着曲子。

拉开拉门朝外看去，山脚下的橘园像印度画布上的一样，头上缠着白毛巾的女人们在地里干活。四五匹驮着橘子的马正从橘园里走出来。牵马的也是女人。对面山坡上的田里升起一缕青烟。田里闪烁着火光。青烟斜着升起来，最后融进夕阳西下的天空。

刚才的女人也来到我身边，和我一起看着外面。几匹马正从田间朝山下走来。马看着比狗还小。抬头远望，隔着院子里的松树就能看到黑漆漆的海面。海面上影子似的渔船正成群结队地回到渔港。一个个黑点散落在有些发白的海滩上，像撒了一把黑豆，大概是一大群乌鸦。顺着女人所指的方向看去，一个头上系着白毛巾的男人有些吃力地背着一大捆松枝正踩着碎步走在田间小道上。他没走多远，就沿路拐了个方向，背朝着我们这边，看起来就像是一大捆松枝下面长了两条腿在走路一样。暮色中，松叶的颜色越来越暗。

6

待他走到橘园对过，近处就再没了行人的影子。织机忙碌的咔咔声，将越来越近的黄昏罩进一道道山坳的黑影中。

“伯母今天怎么这么晚？”女人像是在安慰我一样说道。四周越来越昏暗。女人出去了一趟，等她回来重新坐到我对面的时候，已经连她的脸庞都看不清了。

女人站起来，从壁橱里拿出竹子做的洋灯，甩了甩看看还剩下多少油，又从袖袋里拿出一张纸捻了捻灯芯。放在地上的灯罩上粘了一张纸片，上面好像写着什么。纸上用幼稚的假名写着“阿藤又哭”，应该是章少爷的笔体。

“哎呀。”女人有些害羞地笑着撕下了灯罩上的纸片。

“章少真是喜欢拿人开玩笑。都是瞎写的，您可别信。”她急忙否定道。

“这写的是什么事啊？”

“呵呵呵。”

“阿藤是？”

“就是我。”

“噢，您叫阿藤啊。”

“是。”阿藤笑着站起来，在壁橱里翻着什么。

我就是这样认识阿藤的。

“那您为什么哭呢？”

“不，那都是少爷瞎写的。我才没哭呢。”

“您在找火柴吗? 我这儿就有。”

“那都是少爷瞎写的, 您可千万别当真……”

她好像没听到。我从口袋里拿出火柴, 点着了洋灯。

“哎呀, 真是麻烦您了。”阿藤也坐了下来。在洋灯的火光下, 她就像油画里的人一样美丽。她的脸上泛起一抹红晕。

“我第一! ”章少抱着衣服冲了进来。紧接着伯母也进来了, 把衣服套在章少身上。

“您穿这个吧。”阿藤拿出衣带。我系上带子, 从有些昏暗的浴室里出来, 阿藤举着一件红里子的外套站到我身后。

“要给我穿这件衣服吗? ”

“您能穿的也只有这件了。”

“总比洋服要舒服得多。”阿初一边扇着地炉一边说。阿藤给我穿上的是一件黄底黑色方纹的绢面外套。不用问也知道, 这件外套大概是阿藤的。

我说道: “这件衣服有些长呢, 你看, 脚跟都挡上了。”

“那是因为这件衣服是妈妈的啊。”坐在被炉里的章少说。

“伯母个子有那么高吗? ”

“难道不是因为你个子变矮了吗? 生病都这么久了。”

阿初开玩笑道。

“女人穿衣服的时候，都会在里面也扎一条衣带，把衣摆往上提。”阿藤说着来到我身边，帮我把衣领理好。

“为什么这么穿呢？”

“大家都这么穿呢。咦？系在腰上的绳子怎么没了。”

“没事，不用系了。”

我话音刚落，阿初就接过来说：“哎呀，你们怎么这么好。”说完忽然使劲扇起火来。

“哎呀……”阿藤红了脸。

在墨水涂黑了的柑橘箱子底下开一个圆形的洞，洞里装上一个掏开底儿的罐头盒， 再把箱子整个放在脚凳上，上面罩一个包袱皮，就成了章少的玩具相机。

“看你把能用上的都做成玩具了。”伯母笑道。说是这个玩具相机，是他耍赖求着理发店的寅吉给做的。

章少求我陪他玩，说道：“我来给阿哥照相，快从被炉里出来吧。”

他有模有样地学着照相馆的人，说：“这就照了，这就照了！”

“哥你靠着被炉的地方照不清楚啊。”

“都怪姐姐碍事。”说完就钻进包袱皮里。

“姐你再不抓紧就只能照个后背啦。”

“好好好。”阿藤笑着坐到我身边。

“我能照上吗？”

“能照到。笑一个，嘿！”

箱子摇晃起来。章少盯着我们拉开架势说：“注意了，要照了啊！”

“哎呀，有人闭眼了。……嘿，要照了啊。……照了啊。谢谢配合。”说完手里拿着一张厚纸遮在罐头盒前面，从箱子里拿出一块木板出来，扬扬得意地拿着木板走到壁橱前面。

“阿章，晚上不许进壁橱玩。”伯母拦着他。

“妈妈，照片不是得用药水冲出来吗？”章少哭丧着脸说。

“对了，小摄影师，我前天照的照片洗好了吗？”阿藤问道。

伯母也趁机跑去对面，跟章少说之前照了照片的事情：“我都照了五六次了，什么时候能洗好啊。都这么久了，还一张都没给我呢。”

“咱们玩电话吧。”章少说完，拿了两个纸壳做的筒子出来。筒子底下贴着纸，纸上穿了一根长长的蓝色丝线，说是在劝业场买的。章少给了我一个纸筒，在另 边说了一通，问我：“听到了吗？”

“嗯，听到了。”我应付着。

10

“万岁！”章少笑着朝这边扑过来，绕过阿藤，扑到我身上。

“给，这次跟姐姐打电话。”

“好好，”阿藤笑着说，“有事吗？”

“刚有电话打过来……”

“阿哥你不能这么说啊，刚才的事情怎么能跟姐姐说呢。”

“怎么这样，背着人说话。”

我们正玩着，阿初从外面买了狐狸豆包回来。吹熄了灯笼，灯里的蜡烛冒起一股白烟。

“夫人，您看这个狐狸豆包做得多像。”阿初嘻嘻哈哈地说。

我们一边吃豆包，一边听阿初讲狐狸点心店的故事。这家卖狐狸豆包的点心店门前放了一只纸糊的狐狸。狐狸脑袋上系着白毛巾，扮成女孩的样子。这只狐狸长得和店家的老板娘一模一样，在左邻右舍十分有名，但老板娘自己却对此一无所知。一次，一个马夫因为没付赊的账，和老板娘你一嘴我一嘴吵了起来。

“唉！你这个母狐狸！”

“谁是狐狸！”

马夫说：“说的就是你！你不知道吗？自己照照镜子，对着你家招牌看看吧！”

后来，老板娘把这件事告诉了老板。据说老板是个十分懂得世道的人，跟老板娘说街坊四邻传出这话也不是一天两天了，还说不然自家的豆包怎么会这么远近闻名呢。老板娘问，原来你早就听说人家的闲话啦？老板一副事不关己的样子，只是答应了一声。老板娘哇的一声哭了出来，别人说我，你竟然一点都不在乎，是不是你也在背后看我的笑话呢！我这就回娘家，死给你看。说完转身就去翻箱倒柜把衣服都拿出来。两个人打得不可开交，最后女的披头散发地逃进了对门船头儿家里。这件事情可闹大了，最后还是船头儿站出来调停，说你们原本也是跳舞的时候手牵着手的夫妻，来吧，跳一曲，重归于好。还拿了一瓶酒出来。老板按照那天晚上和老板娘谈好的条件，第二天就把店门口的狐狸收了起来。就在不久之前，城根下的工匠做了新的狐狸，装在箱子里送了来，重新摆在了店门口。这次的狐狸大小才不到黄鼬那么大，长相也特意按照男人的吩咐，做成了跟之前不一样的样子。

“不过，不管门口的狐狸做成什么样子，阿孝那张脸可总是原来的样子啊。嘿嘿嘿嘿。”阿初终于说完了这段冗长的故事，站起来出去了。阿藤嘴上说先前已经听过一次了，所以今晚再听也不觉得那般好笑，但脸上还是笑得跟头一次听一样。

一时间众人都没了话题。阿藤把章少掉到被子上的馅儿收到手掌心里。她的影子映在墙上，头在动着。不久她侧过身来，停下手里的动作，我在心中在她的影子上描绘着五官——眼睛、嘴、眉毛……伯母的胳膊的影子不时落在墙上，她正在用簪子挠着头皮。

阿初正在房后捣米。

我和伯母他们一起排成一排睡在客厅。

我说枕头又大又软，让人喜欢。伯母说夏天疏忽，给你用的枕头对你的病不好，阿藤紧赶慢赶给你做了一个新枕头，却也花了足足十来天。

阿藤摸了摸伯母的被角，又摸了摸我的，然后坐到我们身边，拉了拉被子。我感觉心中有些过意不去。不一会儿，对面房间传来了阿藤解开衣带的声音，章少已经打起了小小的呼噜。我感觉就这样睡去，心中很是不甘。

“伯母。”我又跟伯母搭话。

“嗯？”伯母又睁开眼睛。

“阿藤究竟是什么人？”

“为什么这么问？”伯母反问道。

听伯母说，他们一家还在江田岛的官舍住的时候，和阿藤家是隔壁。那是很多很多年前，那时候还没有章少，伯母当时对阿藤十分疼爱，阿藤住在她家的日子甚至比回自己家住的日子还多。第一次见到阿藤，还是伯母家搬进官舍的第二天，阿藤从邻家的树墙上面探出头来说道：“伯母好！”那时候大概阿藤才不过七八岁。四五年之后老爷不幸去世，伯母决定搬到这边来生活。告别的时候，伯母和阿藤都哭成了泪人。那之后，阿藤心里怎么都放不下伯母，直到现在，每个月都少不了一两封信。阿藤家现在在佐世保，爸爸在军队当大佐。

“那她这是从佐世保远路而来了？”

“不，上个月，她一个人来对面住。她和你一样，对我来说，都跟亲生的孩子一样。”

“但是今年夏天，您都没提到她啊。”

“是吗？哎呀，好像也是。”

“您已经把我的事情跟她说了吧？”

“呵呵，当然了。在家里，话说不过三句就跟你有关啊。她来了之后也一样，明明见都没见过你，也跟着一块儿青木先生、青木先生地说着。你们两个一起出去，看着就跟亲兄妹一样呢。”伯母说着，帮章少正了正枕头。

“刚才不也是嘛，阿初还拿阿藤开玩笑，说小姐是个不会认生的人。结果你猜她怎么说？她说她早就认识青木先生了。不过你别看她这样，她也有孩子气的一面。”

“其实我也觉得，感觉她不像是一个初次见面的陌生人呢。——她还会在这里住很长时间吗？”

“你问阿藤？是啊……也不知道这次她来……”

伯母说到一半，打了一个哈欠，抬手扶了一下枕头，也没继续说下去，手放在了眉边。我等了一会儿，见伯母没有说下去的意思。床边的小灯笼发出的火光，朦胧地照在背面的印度染花的被面上，红色的花纹阴沉沉的。

心中就像罩了一团雾一样。阿藤这次来，究竟是怎么回事呢？背后难道有些什么不太好的事情吗？伯母又为什么欲言又止？阿藤为什么九月份从家里离开？她住在对面，又是怎样一家人呢？

从家里能微微听到山上的小溪流进池水里的声音。不知不觉之间，伯母已经拿开了蒙着脸的手，沉沉入睡，或许是下午去收萝卜有些疲累了。看着伯母安宁的睡脸，我自己的双眼也渐渐沉重起来。

千鸟的故事翻开了新的一天。

我正在中层写一封长信。阿藤在外面喊了声“哥”就走了进来。

“刚才船头儿把行李送来了。”阿藤说。

“那是我的。”我没抬头，继续写着。

“那是当然。反正您总要把行李搬过来吧。”

“是。”

“这儿的壁橱，下面那层有一些我的东西，您就将就一下，把行李放在上层吧。”

“……”

“嗯？”

“嗯。”

“看您写得这么专心。”

刚好写完一段，便转过身来。阿藤跪坐在不远的地方。

“您穿的衣服也在行李里吧？——等会儿快把衣服换好吧，穿着女装终究不是一回事。”阿藤笑着说。我笑了，抬起袖子。

“刚才啊……”阿藤把手伸进袖袋，来到火盆旁边。

“您看看这个，”她从红绢里子的袖袋里，拿出来一枝白色的小花说，“这个季节还有这种花呢。”

“是蒲公英吗？”我接过来说，“在哪儿发现的？就这一枝？”

“怎么样？刚才来送鸡蛋的女孩儿给我的，说是在一个石墙上发现的。阿初说最近天气暖和，这朵蒲公英一定是被天气给骗了呢。”

阿藤不停用手指尖拨弄着我递回去的花。

“这里的气候，真是跟春天一样呢。”

“真是个暖和的地方。”

我一言不发地看着太阳下的拉门，感觉空气中似乎摇曳着气浪一样。

“我打扰到您了吗？”

“怎么？”

“您不着急写信吗？”

“是啊。——邮船中午就出港了。”

“那就不打扰您了。我这就叫人把行李搬过来。”阿藤有些失望地站起来走了。

“啊，花。”

“嗯？”阿藤在门口回头说，“噢，这枝花是给您的。”

阿藤走后，我心里好像缺了一点儿什么似的，把蒲公英放在桌面上。信我已经不想写了，心里想着阿藤还会不会过来。我捡起撕掉的写错的信纸，把揉成一团的信纸铺开叠好，然后又打开，然后用牙咬着扯碎，又放到嘴里咬成一团。头脑里跟做梦一样。——虽然清醒着，但也似做梦一样。我管这样的状态叫做梦。

耳边传来了马铃的声音，还有女人唱的曲调声。

忽地站起来，来到过道里。阿藤就蹲在池塘旁边，问我：“您写完了？”

我暧昧地应了一声。主屋的缘廊边上几只金丝雀叽叽喳喳叫个不停。满院子金黄色的太阳光就像它们从嘴里吐出来的一样。

“您过来看看，池水里有好多小鲫鱼呢。”阿藤笑着招呼我。

“我没有木屐，怎么出去。”

“我不也是只穿了袜子嘛。”

我也出去，跨过花圃。裤脚擦过不知名的花朵，白色的花瓣撒落一地。庭院里草地的叶梢已经有些发黄了。偏房的中层旁边有几棵松树，其中有两棵高大的赤松。松树间有一个池塘。在开辟这片住宅地的时候，这些都原原本本地保留了下来。

阿藤就蹲在水边长满青苔的石头上。水边零零散散地有三四片野漆已经染上了火红的秋色。我走过去，水面泛起微波，就像有人向池水中丢了石子一样。

“哎呀，都沉下去了。”阿藤说道。我隔着池水，蹲在了阿藤斜对面的草地上。如果伸出手去，大概将将能够碰到她的膝盖。虽然池水有些昏暗和混浊，但其中却蕴含着阿藤衣袖的颜色。我的倒影也暗暗地映在水里，被松树树干的倒影横着斩成两截。

“待会儿还会浮上来的。”阿藤说。一动不动地盯着阿藤手指的地方，就能看到稍微有些颜色的小鲫鱼，像搅起味噌汤底的汤料一样扇起水底的水苔漂浮上来。它们像是从幻境来到现实一样，随着上浮，逐渐变成黑色。不一会儿就聚在一起，一动不动。没过多久，有两三只鲫鱼从一侧出来，排成队列，机灵地朝着太阳能照到的地方游去，一闪一闪的，能看到肚皮。水底，沾满污泥的水草像泥巴上的雕刻。过了一会儿，刚觉得鲫鱼的队伍像是融入了水里，就看到水底下一大团黑色的东西呼啦啦地游了过去。

我指着水底说："不光有小的，还有大的呢，就在那儿。"

"在哪儿？"阿藤问道。但那只是映在水里的倒影。鲫鱼只有小的，从水面游过。我抓了一把脚下的松针丢了过去。鲫鱼眨眼间就沉到了水底，争先恐后地逃进了味噌汤里。

阿藤笑了。

五六羽家里养的白鸽站在偏房的屋顶，扑棱扑棱地拍打着翅膀飞下来，落在草坪上。

"海鸥真是好看啊。"

"那不是鸽子吗？"

"呵呵呵，我不是说那些鸽子，我是说啊，呵呵呵……"

"怎么了？"

“不，是我异想天开了。”她一个人笑着。

“想什么？”

“没什么。——刚才我过来的时候，一只海鸥落在了一根很细的树枝上，就像浮在浪尖的小船一样，摇来摇去，就像把学校里的标本丢到了水里一样。”

我像是想起了什么，向大海的方向望去。远方可以依稀看到陆地上的山峦。小岛的背后一群捕捞鸟尾蛤的船帆连成一片。

“看，鸽子在找吃的呢。”阿藤说。

“是不是有什么吃的撒在草地上了？”

“是我刚才撒的，我每次都在那儿撒一些吃的。”

“啊，那只的腿脚是不是受伤了？”

阿初快步走过来。她身上穿了一件深蓝色的棉袄，前面系了一条围裙，圆圆地鼓出来。

“小姐。”

“什么事？”

“不，我叫的是男的‘小姐’。”

“哎呀，青木先生这就去换衣服。”

“找我什么事？”

“先不开玩笑了。您吃螃蟹了么？”

“什么时候？”

“呵呵呵，跟说海鸥似的。——要是吃的话你去买吗？”

“是。吃的话就去买。我想中午煮了吃。您看这就到中午了。——您吃螃蟹吧？”

“我吃。不过那东西吃起来可真麻烦。”

“但是很好吃啊。”

“螃蟹可好吃了。而且最近正好赶上月亏的时候，螃蟹最肥了。您别不信，我可是说真的。晚上如果月亮出来了，螃蟹就会怕自己的影子，吓得直打哆嗦，都瘦了。”

阿初的表情，就跟向我们说村里水天宫神社的神威时一个样子。

“呵呵呵。”

“这个说法倒真是有意思啊。”

“您吃吗？”

“吃。”

“那最好不过。”阿初说完又小跑着走了。身后一个短短的影子跟在她的草鞋后面。

鸽子倒是一点儿都不怕人。

我想出去转转。阿藤一个人在厅里缝东西。我问她要不要一起去海滩看看。

“是啊……”阿藤只是微笑，好像有些犹豫。就算我们两个人去了，也没人能够责怪我们。

“因为有些……”过了一会儿，阿藤说道。

“有些什么？”

“因为我刚开始缝这个。”

“想一鼓作气缝好吗？”

“不，虽然不是说想一鼓作气吧，但总觉有些对不住伯母。——我确实是想去。”

“那一起去不好吗？”

“那种事情没有关系的。我来这边之后，总是一个人闷在那里，都没做什么能帮得上忙的事情。”

我跪坐在地上，用尺子一下下地敲打着针垫上扎的缝衣针，把针一根根地敲进去，结果一不小心敲过头了，把一根针整个敲了进去。不过幸好那根针上面还带着一截棉线，轻轻一拉露在外面的线头，针哧溜一下就拽了出来。

“我都来了一个月了，一直提不起什么精神。难得今天心情也不错，还是我主动说想帮伯母做活，才开始做的。”

“是你太在乎这些了。”

“但女人总是要……”阿藤边说着边用针缝着。

我没有继续强求，站起来，走到玄关，但好像忽然泄了气一样，一个人在门槛前呆呆地站了一会儿。

“哥，”阿藤跟了出来，说，“您看那边不是有水天宫神社吗？神社后边的沙滩上有好多好多漂亮的贝壳，去捡一些来吧。”

虽然我已然没了兴致，但也不好直接拒绝，只好穿过成排的广岛腌菜，磨磨蹭蹭地出了门。没走五六步，我又被阿藤叫住了。

“您后背上沾了一点棉屑。”

“在哪儿？”

“再往下点儿。”

“是这儿吗？”

“不。”

“很显眼吗？”

“啊，再往上一点。”阿藤说着，走过来帮我把棉屑取了下来。沾在我后背上的，是一片棉花，上面还缠着一根红色的丝线。

阿藤一边不停用手指搓着，一边说：“今天天气真好。”举手投足间流露出十分想和我一起出门的意思。我走出大门回头看去，阿藤还在门口犹豫不决。

“记得早些回来。”

“好。”说完我头也没回，手里把玩着手杖走了出去。谁知这一别之后，竟再也没见过阿藤。

当然，当时我出门的时候，已经换下了阿藤借我的衣服。虽然直到换下她的衣服那一刻我都没有多想，但后来想起来，却发现像我这样来到岛上做客，借来女人的衣服穿在身上，等到要脱下去的那一刻，心中却忽然生起了一丝欲念，仿佛想要再多穿一会儿似的。脱下来之后，我盯着外套红色的里子看了好一会儿。在我家，几乎没有看到如此鲜艳的衣服被脱在地上的机会。阿姐十一岁的时候就死了，自那以后，家里哪怕是一片红色的布头都没有出现过。我越发觉得，家里就像是冬天万物枯萎的荒野。忽然，脑海里浮现出蛇的蜕皮。蛇蜕皮之后，看着自己蜕下来的皮，究竟会做何感想呢？正当我越想越离谱的时候，阿初过来，取走了我换下来的衣服。

现在，我正沿着蛇一样蜿蜒的小路从小山丘上往下走。每走过一个拐角，女人的歌声都会更加鲜明地传到耳朵里。

“睡吧睡吧，安静地睡吧。雄鸡报晓再起床。”

歌里这样唱道。歌声十分出彩。

“起来吧，起来吧，天边已经泛白，家家雄鸡都报晓。”

从小丘上下来才发现，唱歌的是街角豆腐店的阿仙。这个岛上的女人都擅长唱歌。无论织布还是下地，无论划船还是牵马，只要干活的时候，总是在唱歌，从早唱到晚。如果走到哪儿没有听到歌声，那里一定没有年轻女人。年轻女人全都唱歌。在她们之中，阿仙应该是唱得最好的人之一。

阿仙正背对着大门捣着黄豆。两个穿着裙裤的年轻人，把农具往门口一丢，就蹲在熏得漆黑的灶台旁边抽起了烟。破掉的唐纸拉门对面，一个戴头巾的老爷爷正抱着火盆，像木偶一样坐在那里。下巴上雪白的胡须，对于豆腐店的老头子来说未免太过时尚了一点。

“青冈叶子白，姑娘牙齿白，你说奇怪不奇怪。”见着有年轻人，阿仙唱得越发起劲。我刚要沿路拐过去，阿仙却把我叫住了。

“青木先生啊。”她宽宽的额头上贴满了头痛膏，就像昨天在海滩上看到的鸟一样。

“您昨天来的？昨天我刚好去换马了，”她停下了手里的工作，接着说道，“您要骑马？这次的马可听话了。”

她话音刚落，就又唱了起来。

“父母二十岁，小孩二十一，你说奇怪不奇怪。”

一个穿裙裤的人马上应道：嗨哟嘿，哟嘿。”

我朝一旁的马棚看了一眼，里面一匹马都没有。一棵无花果树，树冠从马棚边上一直延伸到路对面。我踩着树影往前走。道路两边是凹下去的麦田。阿仙的歌声渐渐的远了。心里不由得又想起了阿藤。阿藤说，她已经在这里住了一个月了，还说每天都郁郁寡欢。难道是有什么难言之隐？昨晚伯母忽然沉默，看起来也不仅仅是因为困倦。心中不停地猜测着。

身后传来了铃铛的声音。本以为铃声是在我自己的脑海中鸣响。面前来了一个背了一捆稻草的男人。

身后有人喊了一声“让路！”我急忙回过头去，发现马的鼻子已经到了我肩膀旁边，便急忙小跑着躲到路边农家房子的屋檐下。这家人也在织布。织布的人小声唱着曲子。

“喂！”牵马的男人喊了一声，站住了。背稻草的男人也快步躲到屋檐下面。马从面前经过，马背上驮着橘子。

“哎呀，是谁啊？”正在织布的女人高声问。背稻草的男人站在门口，一边笑看着我一边往后退进门里，把身后的稻草塞进去。

“把门挡住，屋里都黑死了。”女人说。

“嘿嘿嘿。”男人笑道，看来两人很是熟识。

我心里想着阿藤，继续往前走。也许阿初知道阿藤的事情，要不要问问阿初呢？

这附近全都是渔民的家。一个女人把小孩子放在竹篮里，摇摇晃晃地挂在屋檐下面，一边修补着破掉的渔网，一边不时伸手摇晃着竹篮。缘廊边铺的席子上晾了很多地瓜干。地瓜干上黑乎乎地爬了一层苍蝇，也搞不清楚是在晾苍蝇还是在晾地瓜。但是，如果就这件事情去问阿初，简直就像是我背后去打探伯母不想说出口的事情，很是尴尬。还是不问了。该知道的时候终归会知道。我为什么如此在意阿藤呢，难道只是因为好奇心使然吗？

海岸的防波堤两侧，枯掉的芒草密密麻麻的，有一人多高。我走在芒草中，听到海浪发出哗哗的响声拍打在岸边的石崖上。过了一会儿，阿长牵着一匹白马从旁边上来了。她比画着说，要用马驮一个什么圆形的东西，问我能不能跟她一起去。我答应了。马的身体摩擦着芒草的叶子，发出哗啦哗啦的声音。

穿过芒草，就来到了水天宫神社的神殿前面。后来想想，我要是从这儿返回去就好了，但当时我什么都没想，就跟在马屁股后面穿过了五六块山田，这才终于到了阿长的目的地。阿长的双亲和哥哥常吉都在山谷旁的地里，地里的小麦大概长了两三寸那么高，他们正在挖种在一排排小麦之间的土豆。

“哎呀，欢迎您来啊！”看到我来，他们非常高兴。大爷笑得满脸的皱纹都挤到了一块儿。

“您来了之后啊，我们从早到晚都在谈论您。”大爷笑着说。

“还以为都没机会活着见到您了呢。” 阿长的母亲说。我感觉仿佛见到了儿时的乳母一样。我们聊了一会儿。

然后阿长的父母就开始挖土豆了。挥起铁锹朝着枯黄的茎秆根部插进去一掀，土壤里就会露出一抹猴子屁股的颜色。抓住茎秆使劲儿一拉，土里黄色的土豆就跟着一块儿出来了。常吉跟在后面，把土豆掰下来，装进筐子。装满一筐，嗨哟一声抬起筐子，倒进田埂上的马背两侧的筐子里。马嚼着田埂两边的矮竹叶，影子落在田地里。我和阿长一起，坐在地头的席子上抽烟。阿长的父母停下手里的活儿直起腰歇气儿，都会朝这边说些什么。阿长有时候也会挽起袖子比画着说些什么。她指着岸边捕捞鸟尾蛤的渔船说，所有船都是三面船帆横着挂在桅杆上。因为船两侧都下了锚，所以就算船帆鼓满了风，船也不会动。因为升着船帆，所以船锚的缆绳都绷得紧紧的。说是捞上来的鸟尾蛤晒干之后，都会装进用稻草编的袋子里。海浪拍在旱地下面的悬崖上，碎成一朵朵浪花。阳光默默地包裹着我的头发。

过了一会儿，常吉年轻的媳妇牵了一匹红色的马过来。那匹马刚才在豆腐店见过了。媳妇也跟着一起挖土豆。我说我也想一起挖，但阿长的母亲说会把衣服弄脏，不让我挖。媳妇唱起了歌，母亲也跟着一起小声唱了起来，唱不出来的阿长垂着头揪着席子边儿。

常吉拍了拍手，阿长站起来，牵着白马走了。白马两边的筐子里装满了土豆。白马回来之后，常吉媳妇又牵了红马走。红的回来之后白的又走了。

“老爹，咱们今天就到这里吧。”常吉从额头上撤下汗巾的时候，地上已经没了马的影子。我也不知道在这儿待了几个小时。捞鸟尾蛤的白帆也早就没了踪影。

母亲说道：“先生您先回去吧，阿初该出来找您了。”

我忽然想起来还有贝壳这回事，急忙跑回水天宫那儿。

夕阳已经落到了远处的海岛背后。我犹豫了一下，不然还是别捡贝壳了，但又觉得不甘心，心里想着至少捡上三四个再回家，便下到了海边。这边的海滩上有很多花笠螺，一旦开始捡就怎么都停不下来，直到一只袖袋都快装满了才决定收工。

等我又登上岸边朝下一看，才发现自己一路走来，木屐留下的两溜足迹蜿蜿蜒蜒，一直延伸到远处海边的两条渔船之间。回家之后，阿藤一定第一个冲出门来，对我说“哎呀您这是去哪儿了”。待我把袖袋里的贝壳拿出来，她一定会高兴道：“哎呀真的好多！”我仿佛已经听到了阿藤的话语，托着袖袋兴冲冲地一路小跑往回赶。路过豆腐店门口的时候，阿仙正往灯里加油。

明明是今早刚买来的木屐，往小丘上爬的时候，前面的鞋绳忽然断掉了。虽说是便宜货，本来就不结实，但是按照阿初的说法，这没准是什么不好的前兆。没办法，我只好脱掉袜子，光着一只脚回家。

来到家门前，我叫了几声阿藤，在门口转了半天，家里竟然都没有半点反应。我又扯着嗓子喊了一声，这次喊的是伯母，但仍旧没有反应。家里静得可怕，我仿佛能看到我的声音传进家里的轨迹。我绕到厨房的后门，叫了一声阿初，阿初也不在。我不由得心中起疑，拎着木屐来到水井边，打算洗洗脚再进屋，这时就听见隔着纸拉门传来不知道是谁的抽泣声。我拉开拉门，原来是章少。章少伸开两条腿垂头丧气地坐在地上。

“出什么事了？”我问道。章少不回答，只顾用手抹着眼泪。

“妈妈不在吗？”章少一个劲儿地摇头。

“在吗？”还是摇头。

“出什么事了？大姐姐去哪儿了？”

章少睁大两只满含眼泪的眼睛说：“大姐姐已经回去了。”说完，就又哭了出来。

“什么时候？”

“不认识的叔叔来把她带走了。”

“什么样的叔叔？”

“不认识的叔叔。”

瞬间，我就像一个人掉落进了深深的谷底。章少说阿藤急忙收拾行李回去了。不认识的叔叔看起来年纪有些大，鼻尖上都是坑坑洼洼的痘痕。听说伯母和阿初都一起跟去了邻村的码头。傍晚的船不在这个村子停靠。阿初背了一个很大的包袱走的，说是已经走了有一会儿了。章少从学校回来的时候，那个叔叔已经在家里了。

发生在阿藤身边的事情，就像走马灯一样在我的脑海里转来转去。如果现在赶去码头，或许船还没有出发。从这里到邻村大概有两里多一点，如果借来谁家的马飞奔过去或许还来得及，跟她当面说上一句道别的话。就这样不辞而别实在是太不甘心了，这样分开就像被骗了一样，太没意思了。虽然心中想马上飞奔过去看上阿藤一眼，但是仔细想想，又觉得不愿意被来接她的人见到，此人绝非善类，被他警惕地乜斜着眼睛上下打量实在不是一件舒服的事情。而且，万一我到了码头船已经开走了，那就相当于白跑了一趟。要是伯母本来就不想让我去的话，就更加尴尬了。一想到这里，忽然又下不了决心。我茫然地呆立着，想象起了来人的长相，从记忆里把所有见过的最难看的相貌翻出来，给他戴上一顶花白的假发，又在他的鼻头上放满痘疮。

然后，我又跌跌撞撞地跑去了仓库的方向，光着一只脚，从屋后沿着之字形的山路，在树林里往更高的地方爬。如果站在高处，一定能看清海面上的情况。如果有从邻村的码头出港的船，那就一定是阿藤乘坐的船了。能登多高就要登多高。我在杂树林里不要命地一路往上爬，一直爬到了宅子尽头的竹篱笆脚下，抓住一棵不大的松树喘着粗气。

海面上有一面白帆。黄昏里，海水如池水般澄澈，一面白帆静静地浮在海面上。那艘船一定就是阿藤乘的船。因为船帆已经全部降了下来。我想，此时阿藤大概正若有所思地倚在船舷上，来带走她的人一定一言不发地坐着，用小手指的指甲抠着鼻尖上的痘疮。阿藤的心情如何呢？到底是发生了什么，才会就这样忽然被人带走呢？而她又为何在伯母那里住了整整一个月的时间呢？千万个问题同时浮现在脑海中，心中充满了空虚的不安和焦躁。随便一看也能知道，从船的位置到邻村的岸边的距离，远比从我自己所在的位置到之前我去的海岸要远，但也只不过才航行了一里左右。要不是我在田里待了那么久，至少也能在阿藤出门的时候赶回家。回想起来，为什么早晨我没有放弃出门呢。我们在一起的时候并没有多想，但现在忽然后悔当初至少该向她说上一句，她是多么让人心生怜爱。一想到这一别就再也不能相见，心中就像开了一个洞一样空虚。阿藤并不知道我的心情，这次相别之后，她可能就此当我是个素不相识的陌生人，而我心中却不住地惦记着她。

我的视野此时仿佛是有什么意义一样：逐渐融入暮色的

天空和海水、若隐若现的小岛的影子、山峦和橘园、森林和房屋……眼前的一切，都在将阿藤船上的白帆所呢喃的话语转告给我。

这时，海面上又飘起了一面白帆，就在暮霭中远山的拐角处。我是不是眼花了？定睛一看，千真万确，那是白帆，没错。但我宁愿阿藤乘的船就是刚才那艘。因为距离远看不清，好像马上就会消失在雾霭中。阿藤乘坐的，必须是一艘一直能看到的、永不消失的船。

周围明明没有刮风，松针却哗啦啦落下一大片。四周传来的织机的声音，就像远处的虫鸣。低头看伯母家，就像是没有鸟的空巢，偏房的屋顶上落满了朽烂的枯叶，仓库的屋檐下传来鸽子咕咕的叫声。一只棒络新妇从眼前的树枝上垂下来，刚要伸手把它打下来，没想到它又哧溜一下回到了树枝上。听到袖袋里的贝壳传来的咯啦声我才想到，现在拿着这些贝壳也没有意义了。我一只只取出贝壳，朝着偏房的屋顶扔过去，结果一个都没投中，贝壳都落在半路，掉落在树叶上的贝壳发出轻响。又扔出一只，却悄无声息。刚觉得奇怪，就传来哗啦一声。闭上眼睛朝四周用力扔去，猜想着声音会什么时候从哪边传来。如果没有声音，就一直扔到有声音传来为止。就这样抓上三四只贝壳赌气似的一口气扔出去。最后，袖袋里只剩下海藻的碎屑和细沙。

我又抬头向海上看去，阿藤的船一直停在那里，一动不动。远处的那面白帆已经不见了。一艘船正向长满芒草的海岸归港。这艘船是从哪里回来的呢？过了一会儿，就觉得这艘船该不会就是最开始看到的那艘吧？眼见着它离岸边越来越近，或许它就是阿藤的那条船？对于自己的假设，我有一种仿佛在嘲笑中退场的不快。如果远处的帆也朝着岸边驶来的话，那阿藤到底在哪艘船上呢？如果船朝远方驶去，应该用不着船帆。所以，出海的船都没有挂船帆，一艘都没有。我心里越来越焦躁：如果这样的话，最先消失在雾霭之中的就是阿藤的船了。现在那艘船已经绕过了远山，正朝着海角开去。如果不这么想，那就永远想不到头了。没错，一定是这样。哪怕不合逻辑也要坚持自己的想法，我偷偷摸摸地走下山去。

下山的路上，刚才扔的贝壳就落在路边。贝壳很漂亮，我心中多少有些不舍。我把落在路边的贝壳都捡起来，一只手握着。

下来之后，看到章少落寞地望着山羊圈。

"哥，你去哪儿了？"

"章少，这些贝壳给你吧。"我话音刚落，章少就冷冷地回了一句："不要。"

事出突然，不得不归。日后有机会，定向您讲明其中缘由。

或许相见不易，您也是我一生的兄长。愿您在此地安心静养。不辞而别绝非我意，万望原谅。

上面是我一边洗净双脚，一边在心中写的信。我感觉，可能还真有这样一封信留给我。在离开之前，阿藤急忙赶去偏房，匆忙之中留书一封。主屋那边有人喊阿藤。阿藤一边答应着，一边匆忙写完了信，用砚台盖压住信纸匆匆离去。—— 如果我是阿藤，一定会留下书信。我觉得，现在去偏房，信很可能就在桌子上。

但是，我猜错了，桌子上空空如也。

不过，我无意中打开抽屉，里面却有一件出乎意料的东西。一只襦袢的袖子被叠了八叠，放在抽屉最里面。袖子由暗红色的双层纹羽织料子制成，有带红绢的里子，长一尺[①]八寸。这只袖子实在蹊跷，并没有证据说它是阿藤偷偷留给我的信物。但是，今天早晨阿初刚刚打扫过抽屉，我亲手把行李装了进去，这只衣袖是在那之后被人放进去的。而且，它千真万确就是阿藤的，年过半百的伯母或者阿初是不会穿这种华艳的衣服的。虽然不能断言它是阿藤放进去的，但阿藤不可能错将自己的衣袖放进我的抽屉中。一定是阿藤放的。既然是阿藤放的，就不会是马马虎虎，或毫无用意地放进

---

① 一尺：日本长度单位，约为33厘米。日本传统书信习惯使用卷纸书写后，折叠成手风琴状的长方形后方便装入信封发出。

去，一定是她有心送给我的。我这样的推断绝不牵强。我举起衣袖，有些飘飘然。

但是直到最后，除了这一点，我还是对阿藤一无所知。她为什么会不辞而别，我不得而知，也不知道她去了哪里，在做什么。一无所知。

虽说如此，我心中还是有些接受不了。我在替她担心，难免会心生疑问。而且，千鸟的故事十分重要。所谓千鸟的故事，是从哑巴阿长让我枕在她胳膊上开始，到油画中的姑娘来到我身边，狐狸变得还没有黄鼬大，印度棉被面花色变得污浊，鲫鱼沉到水底，针埋进了针垫，木屐的绳子断掉，棒络新妇从树上垂下来，抽屉里多了一只衣袖的这两天的回忆。

我把衣袖放在膝盖上，整理着这两天的记忆，坐在那里一动不动，直到房间彻底黑下来。最后我想，这个故事必须在这两天内完结，否则就会变得索然无趣。如果拖拉下去，更会变得十分无聊。在西部某个小岛上的人家，遇到了一个名叫阿藤的年轻女人。在度过清淡如水的两天之后，女人留下一只衣袖，便消失得无影无踪，连她去了哪里都无从得知，这样就足够了。这两天以外的事情打听不得。如果去打探不必要的事情，伤害到千鸟故事中的她，那就太可惜了。正因为我想通了这一点，那天傍晚我跟伯母和阿初见面时格外小心，因为我怕她们向我提起阿藤的身世，破坏了千鸟的故事。

伯母一回来就说："肚子饿了吧。我紧赶慢赶才赶回来的。"说完急忙让阿初去做晚饭。"这几天估计你会有些孤独了，事情变成这样真是太突然了。"

我猜伯母要说些什么，忙打断伯母的话："也不知道豆腐店的老头是怎么想的，非要把胡子留成那个样子。他胡子可真长啊。"

自那以后，每当伯母他们要提起阿藤，我都会抱起那两天的回忆赶紧逃开。无论如何都逃不掉的时候，就在心里玩命地想其他事情，能少听一个字就少听一个字。后来，伯母也发现我在逃避阿藤，便不在我面前提起她了。阿初似乎也被伯母下了封口令，对我绝口不提阿藤的事。这或许是她们绞尽脑汁想出来的办法，但这一切已经不再重要了。因为只要没人向我提起她就好。后来，伯母虽然时常在写给我的信中回想当年我住在她家时的事情，却再未提起过阿藤。

后来很长一段时间内，我都不去想阿藤。即使时常想，也并不是真的阿藤，而是千鸟故事里的阿藤。现在我也经常拿出那只衣袖，难以入眠的深夜，我一定会取出它。如非深夜，看这条衣袖也没有兴致。夜深之后，我捏着衣袖的两角，抬起双臂，将衣袖举到灯火前。每当灯影渗入红色的衣袖，朦胧地穿过衣料，我都会平静地沉浸在千鸟的故事中，仿佛在和阿藤一起上演一出电影。我自己看着自己拍的电影，直到将千鸟的故事从头到尾看完，才发觉举起衣袖的双臂已经疲惫不堪。叠起衣袖的时候我常想，十七岁的阿藤和刚刚二十岁的我被定格在这只衣袖上，永不衰老。阿藤现在是什么样子并不重要，我的阿藤是这只衣袖里的阿藤，我随时都能在衣袖里见到活生生的阿藤。

以上一次次提到的千鸟，是那条袖子的花纹——千鸟纹。

山 彦

一

“去看城根十三里，拉着木炭十三里。”从城根下的旅店一步步走来，小曲里唱的十三里，有三里都是在雨里，淋湿了全身。

这边请，大门在这边。一起过来的女人边说着，边来到一堵老旧的黑瓦金和泥土砌的墙边站定。抬头可以看到墙内有一棵参天的古树。这棵朴树长了三百年，淡名屋也有三百年了。她说着掀起马背上的雨布，把去除包袱皮的包裹递过来。水从朴树上落下来，噼噼啪啪地打在洋伞上。街角对面的小店里，朦胧的灯火从绘着红色天狗的拉门里透出来，映在泥泞的地面上。我说，蓑衣我来还。对方却说，不用，给我吧。说完把蓑衣系在了马鞍上。

从一边进去，发现一侧是旱地。在这个漆黑的雨夜里，高大的树木比黑夜还要阴沉。红红的火光在林木之间闪了一下，但马上就藏了起来。总算来到了门口。

门柱上四四方方的金色灯笼里透出幽暗的火光，隐约可见上面写着“淡名屋”。轻推一下侧门，却发现上了锁。想快些见到阿姐，忍着焦急的心情咚咚地敲了几下门。屋里传来一个年轻女人的声音，来啦，来啦。紧接着听到来人在石板路上一路小跑，门后传来呼啦一声，像是雨伞碰到了门板。对面传来门闩打开的声音，随着沉重的吱呀一声，大门开了半扇，一个用红色的系带把袖子绑起来的年轻女人弯腰从地上拾起烛台，问是哪位。她的鼻翼上有一颗美人痣。

对面的拉门里已经掌了灯。跟着烛台走在松林里。经过一间平房，墙上挂着水枪和绳梯。平房旁边有一口石头砌的水井台，井口覆着一个竹条编的罩子，上面落了满满一层紫薇花。从玄关侧面的厨房进了屋。

阿姐也不知在做什么，一直没有出来。一个二十岁左右看上去十分朴实的下人和一个打扮利索的中年女人忙前忙后地招呼我。厨房很空旷，只在正中挂了一盏昏暗的洋灯，墙壁和天花板被熏得黑黑的，让人感觉像是进了山洞。厨房里有一个脸蛋红通通、高大健壮的女佣。她拿了一个盆放在厨房正中，又从大锅盛了些温水倒进去。我挽起裤腿站进盆里，女仆过来用鲨鱼皮一样粗糙的手心替我搓起脚跟。下人打着灯笼站在旁边。洗脚水像是煮过什么似的，上面还漂着几片残缺的菜叶。刚才开门的年轻女人在地板中间的地炉里点上柴火，摇曳的火光映在对面黑亮黑亮的柜橱上。明明还没到季节，后门外却传来了蟋蟀的叫声。阿姐不知为何，依旧没有出来。

让女佣擦过脚，刚要进屋，就见一个花白胡子的老人走了出来。来来，快请进，早知道您要来就下去接您了，看这深山野岭的，一定累坏了吧……先进来，等会儿再寒暄也行。老人满脸笑容地走过来。大姐一定会惊喜的。他说着在前面带路，穿过两三间昏暗的房间，打开旁边的拉门，来到缘廊。忽然传来一个声音说，哎呀，你是阿礼吗？阿姐从黑暗中跑出来。

二

枕边放着毛巾、牙签和装牙粉的盒子。醒来的时候，见阿姐的被褥已经叠得整整齐齐。虽然不知道现在几点，但这个懒觉睡得够久的。

起床后来到缘廊。外面小院上的天空阴云密布，今天也是个雨天。盆里的水从八角金盘中的竹管流过，哗啦啦流进金线草的花丛中。透过身边小窗外的梧桐树就能看到屋后的花田。穿上表面经过高温处理的杉木木屐去厕所。脚底板上起了水泡，不拿着劲儿走的话就钻心的疼。

穿过杉树的树墙，屋后是一片很大的菜田。菜田从正中间被一个一字形的花田分成两片。一间很大的仓库在七户前，对过是延伸到远处的白墙。在菜田最右边的一片水果树后，昨晚看到的那棵朴树分成两枝直冲云霄。走进花田中间的亭子，三四只白色的蝴蝶不去花坛，而是围着菜田里的萝卜飞个不停。

静静地在亭子里坐下，就看对面的青柿子树那边，一个皮肤白皙的女子从菜田里直奔这边走来。来人正是阿姐，手里拿着白木做的供盘。她在我睡觉的时候已经束好了头发，画了淡妆，衣袋也系得体体面面，打扮得体大方，俨然年轻媳妇的模样。露着笑容的眼睛十分有神，和昨晚的样子简直判若两人。

阿姐来到身边拍了一下我的肩膀问道，昨天累了吧？我说，别的地方倒是没什么，就是脚疼，就算待着不动，也像走在碎石上一样，你手里的供盘是干什么用的？阿姐说道，我家婆婆没跟你说吗？这里有个延续了三百多年的规矩，这家媳妇的重要工作之一，就是每天都要往朴树脚下的祠堂供奉一捧白米，下雨天也要挽起和服下摆，打起雨伞去上供。我又问道，那你病倒的那段时间谁去上供呢？阿姐答道，这种事情是绝对不能由别人来代替的，这家的夫人二十七岁就去世了，大老爷也没有续弦，所以直到我嫁过来之前，大概有三十多年的时间，除了每年二月十八日的祭祀，平时就什么都不上供了，所以神灵也得饿肚子……阿姐说了一半，拿起一根银簪子说，听说祠堂里祭祀的神体是一套盔甲。

我仔细看着阿姐，发现她透着消瘦，一副有气无力的样子，便问道，你身体不好，不用躺着吗？阿姐说，你远路前来探望我，怎么能光躺着。我忙说，难道是为了我强撑着起来的吗？阿姐急忙答道，怎么会，是因为你来看望阿姐，阿姐才感觉好多了。不知是不是真的。阿姐自从嫁到这个家已经卧床两月有余，却又完全不知会家里，连我都没有告诉。阿姐你真见外！说完，我不自觉地拽了一把花田边开着的白花。昨晚不是都跟我发了半天牢骚了嘛，又不是什么大不了的病，只是觉得身体有些不舒服而已，这事告诉妈妈，她一定会担心的。所以就算你说来我这里，也别告诉她我生病这件事，好吗？阿姐特意叮嘱了一句。我先回去了，已经快中午了。说完，阿姐转身回去。我朝着阿姐的背影使劲儿吹了一口手中的花瓣。五六片花瓣在空中翩翩起舞，只有一片在阿姐的衣带上增加了一点白色，却又马上落了下去。

忍不住去看上一眼那间供奉着盔甲的祠堂。从阿姐来时经过的柿子树中穿过宽广的果树林，来到那片朴树矗立的扇骨木树墙里。对面角落里的朴树下，有一间不大的茅草屋顶的祠堂。朴树漆黑湿润的树干正中爬满了翠绿的蔓草，从树干分杈的地方一直垂到祠堂屋顶，竟有近两尺宽。古旧的土墙边开满了花朵凋落的胡枝子，其间有一座石碑，看起来有些昏暗。近处有九个石灯笼，回头看看一共有十四个，沿着土墙排成一排，最靠边的一座看起来很新。附近遍地青苔，雨后应该极为湿滑。石碑上镌刻着祠堂的缘起。

此祠祀我远祖 去今三百三十年前

上面如此写道。看家史就如同在看画卷一般。三百三十多年前，永禄三年闰八月，云州富田城陷落，尼子氏一族悉数毙命于此。那时，此地豪族家中有个七八岁的孩童，是城主的血脉。孩童母亲听闻毛利家的官兵乘胜追讨，恐惧祸降其子，和心腹一起扮成买卖绢布的商人夫妇迅速逃离。两匹马驮着的行李中，一包是孩子父母重达千两的金条，另一包则是一身盔甲。这身盔甲是城主和女人共度一夜后留给她的信物。若生下来的孩子是男孩，待其长到十五岁，则持此盔甲前去与父相认。但现如今，这身盔甲成了城主留下的遗物。孩童母亲与心腹东躲西藏，一路奔逃百十余里。逃至此山后，一路颠簸，女人小病拖成顽疾，终究没有撑住，含恨而终。而男人后来成为木炭商人，一手将孩童养大成人，待其年满十七，便让其继承了家业，他就是淡名屋的初代家主七郎右卫门。当时这一带也是敌人的领地。城主的盔甲，早由男人装入石棺埋在中庭。第二代家主于其上建起一座不大的祠堂，起名胡子社，偷偷祭祀尼子氏。时距元和元年二月十八日已有二百六十一年的时间。关于家史只能知晓这些内容，并无其他记录。乱世之下，不知何时会生横祸，即便继承名门血脉也只能选择隐姓埋名。每一代家长都传承了这一教训。虽然不知具体年代，但据说这棵朴树自祠堂建成之日起便矗立于此。

石碑背面刻着日期，上面写着如此由来。这座石碑立于二十年前，立碑人是十三代七郎右卫门，也就是现如今的大老爷。虫子已经用红土在石碑边角的坑洼里筑起了巢。拽了一根胡枝子的枝条捅了一捅，里面空空如也。用中指按一下，虫穴软软地瘪成一团。

穿过一座不大的鸟居，走到本堂前。透过木格窗看到里面一团豆粒大的淡蓝火光飘飘摇摇。在一片昏暗之中，供奉的镜饼像什么东西的眼珠一样泛着白光，看不清供盘上摆的究竟是不是白米。来到朴树背后，像蜘蛛脚一样盘扎在地面的树根间已经长出了矮竹。树干大概要四五个人才能环抱。如果在树下挖掘，不知道能不能看到石棺。要是能看上一眼那身红绳穿的鱼鳞甲就再好不过了。忽然，有什么东西啪一声从头顶落下掉在脚边，环顾四周也没弄清到底是什么东西，地面的青苔上落满了黑黑的朴树果。抬头望去，一只乌鸦停在高高的树梢上，不住地用喙蹭着旁边的树枝。感觉脖子酸痛起来，急忙低下头。从鸟居出来，身后传来乌鸦的叫声。

三

大老爷等不及出来寻找。阿姐打开拉门朝这边招手，说是今天抓了好多鲇鱼，还说地上掉了好多栗子，拉着我去里面的走廊。

五六个青色的栗子掉在一边的栗子树下。树上的果子也落满了雨滴。我问能不能摘来吃。阿姐说前几天让仆人掰开看过，里面还是白的，过几天叫人去山里找，山里说不定能有好的。

走廊尽头的防雨板关了起来。阿姐紧了紧衣带说，等雨过天晴，就把防雨板打开给你看看庭院，那边总是关得死死的，不打扫就脏得根本进不去。我嫁过来的时候，就是在那里办的婚礼，爸爸和妈妈在里屋住了五天呢。咱们快去看鲇鱼吧。

厨房已经掌了灯。来到缘廊一看，捕来的鲇鱼放在水井旁，四斗的大桶足足装了六桶。据说是在大川的桥下捕到的。一个渔民装扮、腰间系了一条绳子的年轻男人扯着嗓子炫耀似的数着鲇鱼，把最大的那几条选出来摆在席子上。另两个男人用竹签把鲇鱼串好，放在筐子里。另一边的浴室后，五六个身穿蓑衣、后背上背着成捆柴火的女人鱼贯而出。她们朝这边看了一眼，就开始用尖尖的声音品评起来，什么今年年头真不错啊，这是第几次第几次啊，这是不是今年最后一拨啦什么的，一边说着一边消失在仓库后。个头小的鲇鱼用盐腌起来，个头大的就像刚才一样，用竹签串起来，做成午饭吃的鲇鱼干。阿姐说，去小屋里看看他们是怎么做的吧。我便从缘廊上下来，撑起伞朝小屋走去。

进到小屋，昨天那个下人正在两个很大的火盆里生火。串好的鲇鱼头朝下背朝里，围着火盆插了一圈，再在上面倒扣一只木桶，等上五六个小时，鲇鱼就变得干硬干硬的了。为了不让木头被火烤煳，还要不时往桶底洒些水。虽然说得轻巧，但火候拿捏可是重中之重。腌过的鲇鱼得早点儿吃，但鲇鱼干可以吃上一整年。说是今天捕了五百多斤，留下家里需要的量，剩下的全部分给村里人。

下人一边讲一边抽起了烟。他装烟丝的盒子是松树树干上的瘤子做的，烟筒也巧妙地利用了树根的形状，十分别致。问他是不是自己做的，他说还有一个快做好的，感兴趣的话晚上不妨去他的住处看看，想要就拿走。

刚从小屋出来，就见刚才的女人们每人手里拿着有条纹或印花的袋子排在厨房门口，等着女佣给她们发大米。后来听说，这就是她们干一天活的报酬。一个十六岁左右的小姑娘脱下斗笠放在缘廊边，拿起一把黄杨做的梳子拢好鬓角的乱发，眼神沉稳，前胸的蓑衣被雨水打湿，透出红色的领子。我觉得她有些眼熟，不由得撑着伞站在那里看着。女孩儿手里拿着梳子，正出神地望着天空。就见另一个女人呼哧呼哧地喘着气，着急忙慌地跑了过去。回头看看那女孩儿，她也急忙戴好斗笠，系好下巴上的绳子跟着跑了过去。正趴在澡堂屋檐下的沙地上躲雨的公鸡惊得一下子飞起来，在小雨中扑腾着羽毛，扬起的沙子落了它一身。

这天晚上，和阿姐在雨打梧桐叶的沙沙声中一边吃着烤镜饼一边叙旧。本打算早些睡觉，忽然过来一个女佣，说乙吉给带了话。问她乙吉是不是那个用松树树瘤做烟草盒的人，女佣笑道正是。据说乙吉七岁就来了，现在正在做拉炭船的船头儿。你快去吧，待会儿我铺好床等你，咱们今晚在这里睡吧。阿姐说着喝下了放在针线盒上的汤药。

挑着灯笼，跟着乙吉来到宅子边一排下人住的平房，进了第三间屋子，屋子有八叠大，铺着破旧的榻榻米。房间正中的地炉旁，一个头发雪白的老人正在油灯下编着草鞋，听说他是个聋人。他身后的墙壁上整整齐齐挂了一排工作服。

乙吉拿出那个快做成的烟草盒说，只要把这个疙瘩切掉，再用糙叶树的叶子把表面磨光就成了。说完，他从地炉里抽出一根烧得通红的旧凿子，去烧切掉疙瘩后留的坑。只听刺的一声，一阵浓烟腾起。旁边的油灯座看来也是他的手艺，巧妙地把一个分了三个杈的赤松枝倒过来用。过了一会儿，格子拉门外面有人叫乙吉，声音听起来五十多岁，说是城下的木炭仓库没有大米了，明天跟阿为说一声，看看能不能帮忙想些办法。乙吉答应了一声。刚才外面说话那人是谁呢？是勘一吗？不过他什么时候剃成光头了。呵呵呵，那可不是他。今天他值夜班去了。想想也是，他要是剃个光头，头顶的斑秃不就露馅了嘛。那究竟是谁呢？呵呵呵，这位是夫人故乡的亲戚。乙吉说完，对面马上说，哎呀，可真是不好意思。摸着闪闪发亮的光头说初次见面什么什么的，说他是城下木炭仓库的掌柜，身上披了一件浆过的深蓝色的棉布外套，系着纸捻的绳子。

这个老爷子自豪地讲起了这个家的家业。方圆几百里，全都是家里的山林。从这儿往山里走六里、走七里，连一座别人家的山都没有。走上九里到了国界，那里有一片谁也不敢进的大森林，森林里几乎都是杉树和柏树，要论起那些树有多高啊，我们家的朴树连它们的孙子辈儿都算不上。现在正从外围不到二里的地方砍杉树，大概有五六十个樵夫和劳力长住在山里。少爷现在也在那里。砍倒的树，全都削去树枝，横放在林子里，等到下雪了就顺着山谷滑下去。有人在下面把树切成板子，捆成木筏，沿河顺流漂下，然后运到各个炭窑烧成炭。这不，前天也驮了五十匹马那么多。虽然木炭好坏取决于树，但树落叶的时候烧出来的炭才是最好的。这儿往山里走三里就有一个炭窑，过段时间要不要跟着马队一起去看看？越往那边走山就越深，走上三里，一户人家都没有，这猴子可就称了霸王。要是不多加小心，拿这些小爷爷们寻开心，把它们惹火了，就会成群结队地聚到山路拐角的地方埋伏起来，在头里望风的家伙吱嘎一叫，所有猴子就一起朝人扔石头，咱们人怎么能敌得过！夏天的时候，马夫拴好马，刚睡个午觉，就发现身边放的午饭盒没了，斗笠也没了，朝四周一望，这些都挂在头顶的树枝上呢！现在说起来，就是前年春天，我们出去巡山，住在裁木板的木匠的工棚里。有一天，大伙儿都去了各自分管的地方，我留下看家做饭——还做了两升米——把做好的米饭盛进食盒，放到架子上，我就找了一片有太阳的地方，坐在席子上拔着下巴上的胡子，不到一个时辰就见其他人吵吵闹闹地回来了。我正觉得奇怪，四处张望一下，就见两三个饭碗从屋顶滚下来，掉在地上摔得稀烂。我吓了一跳，往屋顶一望，食盒就摆在屋顶正中间，周围筷子和咸菜乱七八糟地散落在那里。猴子偷吃后逃得无影无踪，我根本不知道它们是什么时候把食盒偷出来的。最可恨的是，干完这么缺德的事，马上就跑到屋后的松树上捉起了跳蚤。还有那帮小猴，挂在老猴子的屁股后面荡起了秋千。

掌柜的像说书的一样，声情并茂手舞足蹈地讲着。我忍不住打岔问，这事可真够有意思的，不过两升米的食盒，猴子拿是不是沉了些？他答道，是，不过这都是千真万确啊！还有的爬上房顶把食盒碗筷都弄下来了，千真万确，对吧，乙吉？我可不知道，我是船头儿，又不上山。说完，乙吉手里的刻刀闪了一下亮光。哈哈哈哈，这我可是问错人了。对了对了，这事儿勘一准知道。掌柜说完，有些失落地敲了敲烟管。老人已经做好两双草鞋了。

四

听来人禀报说已经打扫完了，我放下读了一半的书，站起来跟阿姐一起走了出去。缘廊旁边的栗子又掉下来好些。年轻女人头上系了一条毛巾，手上提着洗抹布的桶从旁边过来，说是打开防雨板太麻烦，所以这条长四十五米的缘廊简直一片漆黑。走廊对面开了一扇小门，往外看就像从吹火的竹管里窥视一样。从那扇小门出去，又有一条长六七米的走廊斜着通向里屋。

栏杆下是一方小池。细如绢丝的雨滴打在水面的浮草上，浮草上开着有些发白的小花。小池对面，是数十棵高耸的杉树，树下四处开着白花和黄花败酱。阿姐说，这里是一百几十年前朝廷贵人来的时候建造的，上到二楼可以一览整个庭院。说完，阿姐双手搭在斑驳的银箔把手上，向左右拉开拉门。房间里面，从下往上有四级台阶，门框涂成黑色的拉门高高在上。走上台阶打开拉门，仿佛一下进入了古代画卷中的世界。从壁龛拿出的虎皮、榻榻米上的靠手，还有摆在那里的带家纹的黑漆烟草盒，就像贵人刚刚还坐在这个房间里一样。见阿姐坐在最下面那层，仿佛有些疲累，我说，阿姐快看这个。阿姐说，啊，还得把刀架像这样摆好。说着把刀架拿过来。呵呵，古人可真是神经质啊，阿姐歪着头笑道，把两只袖子拢好放在膝头。

打开拉门，垂樱的枝条像雨丝一样搭在栏杆外的芙蓉花上。整个庭院里只有古老的枫树，后面则是一座红松茂密的小山。雾霭封闭了视野，只露出山顶的岩石，宛如要砸过来一样。稍稍能看到一点山脚下的样子，但是在白茫茫的浓雾中，只有两棵高耸的银杏树和一座寺庙屋顶的红瓦依稀可见。

阿姐也走过来。一只翠鸟从水面的浮萍上飞起，落到高高架在小池上的精巧的栏杆上。

我深深地喜欢上了这个房间。每当阿姐有事不能陪我，或是闲着无事可做的时候，我都会来到这个房间，也不管周围人怎么看。每天都在下雨，也不能出门，没有办法，后来干脆把火盆、书桌和阿姐房间里的很多用品都叫人搬到了这里，白天都待在这个房间。阿姐做完事也会来这里，两人一起读书。我没有跟家里说要来这里找阿姐，还有很多其他需要挂念的事情，但总舍不得和阿姐告别，这下个不停的雨反而是一件好事。不过阿姐似乎完全没有考虑雨过天晴之后，我就会离开这里。她最常说的一句话就是，你在这里阿姐太高兴了。看样子更像是觉得我会永远住在这里一样。这雨稀稀拉拉地一下就是四天。

事情发生在第四天的上午。我像往常一样来到了最喜欢的这间屋子，闲极无聊地玩着火盆里的炭灰。不知从哪里出来一只小耗子，沿着旁边的拉门哧溜哧溜地跑过来。它跑到地上铺的毛毡边站定，又小又黑的眼睛盯着这边，忽然骨碌一个转身，朝着台阶猛跑进去。没过一会儿，小脑袋朝外探了一下，又缩了回去。

我站起来四处张望，不知道它到底跑去了哪里。四下寻找，终于在台阶侧面收纳间的拉门上发现了一个小洞。心想一定就是这里了，便拉开拉门，却发现里面空空如也，只在灰尘中夹杂着一粒粒的耗子屎。不把耗子逃跑的路线查明白，我怎能善罢甘休？正想难道是从这里跑到了下面那间房间，吊柜上的天花板中忽然传来了吱吱的叫声。仰头一看，天花板接缝的地方有一道两寸宽的缝隙。踮着脚尖朝上够去，把天花板横着挪了一挪，沙土一样的灰尘稀里哗啦地撒了下来。我急忙朝后跳开去。这回上到第二级台阶，把手斜着伸进去摸了一圈，摸到了一堆堆纸片一样的东西。天花板深处发出窸窸窣窣的声音，像是刚才那只小耗子的家长。皱着眉头把胳膊伸进去到处摸索，手指忽然碰到一个硬硬的东西。

我把那东西拉出来一看，是一大把信封，很多地方已经被老鼠啃得破破烂烂。为什么信封会出现在这种奇怪的地方呢？难道是谁藏在上面的？虽然疑窦丛生，但毕竟信上面沾满尘土，得先拿到缘廊边上。反正手已经很脏了，便直接用手撣掉信封上的尘土。将其中一个信封翻过来，背面写着“千绘寄民先生收”的字样。信应该是女人写的，一共有八封，看起来已经有些年头了，系信的纸绳变成了似被酱油煮过的颜色，包在外面的白纸早已泛黄。洗过手，把信放在书桌上。说不定天花板更深处还有其他信，但想象着实在是有些脏，就没有继续去找。

往火盆里添了些炭，坐在书桌旁，想静下心来读一读这段古老的恋情，心情却像春天漫步在油菜田里的岔路上，到底该往哪边走，迟迟无法决定。忍不住想要拆开信封一窥到底。但要拆开吗？若私自偷窥，信中的两人一定会十分害羞吧？不然还是不看了吧。但若这样心有不甘，仿佛是别人给自己写来的信，没有开封就扔掉了。正犹豫该如何是好，手指不经意间拂过纸绳，没想到纸绳竟像上供烧的线香一样断开了。

我取出第二封信，上面果然还是写着“千绘寄民先生收”。翻过来看背面，发现信封竟然没有拆开。觉得蹊跷，又查看了其他几封信。虽然最后两封已经变得破破烂烂，但剩下六封全都一样，信封都封得好好的，没有拆开的痕迹。有好几封已经长了蛀虫，上面布满了黄豆粉一样的虫粪。竟然连信封都没有打开过，莫非这不是两相情愿的恋情？还是打开看看吧。看上一眼古老的书信，并不会对不起谁。刚刚撕开其中一封，楼道里就响起了咚咚的脚步声。好像做了错事一样，心嗵嗵直跳，急忙把信收进桌子下面。来的是女佣。女佣跪坐在下面的房间，说午饭准备好了。

五

一直犹豫要不要把发现信的事情告诉阿姐，但忽然觉得它们好像是自己的信，心中不好意思起来，终究没有说出口。吃过午饭，老爷子说别人送了些梨特别好吃，带我和阿姐两个人去他那里。阿姐说要收拾一些东西带给进山的姐夫，没多久就回去了，于是我成了老爷子长篇大论的倾诉对象。今天讲的是笛子的故事。据说老爷子会吹筱笛，是年少时寺庙的院主教的。心里总是放不下信的事，在那里如坐针毡。不知过了多久，老爷子终于说完了。

又回到房间。外面池畔的草丛里，一只虫子声嘶力竭地在小雨里叫着，杉树林里腾起来的雾气像浓烟一样流淌到池畔。

我在房间里拆开了那段古老恋情的封印。信的笔迹像连绵不断的小雨一样洒落在眼前。

听说今天镇上来的人去了牛市。让这封信给您带去我的怨意。

连体字写成的假名连在一起，思前想后终于读懂了五行左右。读到一半，不自觉地把信往后翻去。刚翻开不到一尺，信纸折叠的地方啪的一下就断开了，纷乱的纤维和发红的紫色笔迹都显得非常古旧。信的最后写道，二月七日，千绘寄心爱的民先生收，让这封信给您带去我的怨意。从这句开始往前读，读不懂的地方太多，不由得心生焦躁。而越是焦躁，就越是读不懂。不过每封信都两三行两三行地读下去，接二连三地把六封信全都开了封。

静下心来回头看，能读懂的部分渐渐多了起来。一边读，一边往回对照前文，之前认不出来的字也就渐渐地能读懂了。

信里记录的，是对一段绝望恋情的恨意。女人日夜以泪洗面，痛苦万分，甚至咬断了袖口。男人为什么一面都不见？

无论写多少封信，连一封回信都没有收到。古时候对于无望的恋情，一心只想忘记对方，就会不再回信，之后无论对方写多少信，都不会再有回音。这些情书连在一起，究竟持续了多长时间呢？

在如此之多的信件中，哪怕是再迟钝的人，也能窥见这可怜女人的心思。

我再也不祈求你会爱上我。难道你已经不喜欢我了吗？我猜大概是这样的。但就算你讨厌我，也请明明白白地告诉我。这三年多，我就是为此活着的。为什么，连这一句话你都会如此吝惜？我的怨，我的恨，掬水成火，火落为水，让我活着忍受地狱般的折磨。站在缘廊看着天空流泪，心中的不甘，哪怕将泪眼中的山峦咬得粉碎也无法排解，最后却只能扑倒在地以泪洗面。

女人无人倾诉，独自一人承受一切，痛苦挣扎。对此她的母亲一无所知。三年间想尽一切办法照顾她，而她却一直祈祷自己不要好起来。因为如果病好了，马上就要去嫁人。

看着母亲为了照顾我而一天天消瘦下去，为自己可能要遭到天罚而恐惧。昨晚听到她在临室[①]哭泣，晃晃悠悠地起来，看到她从衣柜中拿出我的衣服哭倒在地。母亲责备我，几年前三

① 临室：传统日式房屋中，位于主间旁边的稍小的套间。

村屋想要娶你的时候，为什么不穿着这件衣服嫁过去？那时你就一直在偷偷写那些信，从来没断过，每天都过得心不在焉。那个负心汉怎么可能要了你？母亲流着眼泪说，三个人没日没夜地干了十天给你缝好这件衣服的时候，简直高兴得手舞足蹈。那时候，要是你听话嫁过去，哪怕之后再生病、卧床不起，那也是回到老家静养。现在你已经过了年纪，嫁都嫁不出去，还病在家里。不，妈妈不是在责备你，而是可怜你啊！哪怕你现在马上痊愈，马上有人愿意娶你，你看看这身衣服，十七岁时穿的春花一样的和服，如今你还穿得了吗？只怕是一辈子都没机会穿了！母亲这样说的时候，我心如刀割，感觉活下去真的好痛苦。

六封书信的内容，全都是类似痛苦的表白，像抱住大腿一样，乞求收信人的回音，哪怕是一句决绝的话，都能够不留遗憾地放弃这段恋情。第六封信的最末尾补充了一句话，内容是，小十去了一个叫大井大人的俸禄三百石的武士那里当门卒。

不知不觉间，雨小了起来。

六

那个叫阿民的人究竟是谁，问问大老爷或许就能知道答案。但这个问题实在很难开口。感觉要是问了，就相当于揭了这个家的伤疤。细想一下，他可能是大老爷的父亲、叔父或是兄弟。弄不好，正是大老爷本人也说不定。这种没有准头的事情可绝对问不得。换个角度想，要是知道主角是谁，这个故事或许就没了新鲜劲儿。暴露到光天化日之下就没有了味道，如果不朦胧地掩藏在月夜的薄雾里就失去了价值。

不需要具体的人物。这只是古代各个小国都还有贵人统治时期的陈年恋情。阿民就是一个歌舞剧里登场的演员那样年轻帅气的男人。

所以，尽管不用向大老爷打听，但还是想和阿姐悄悄分享一下。容易动情的阿姐如果知道这件事，一定十分同情，这样一来，那个悲惨的女人若是在天有灵也会欣慰的。虽然心里打定主意告诉阿姐，但毕竟旁边有女佣在，很难开口。她们俩正在电灯下给进山的姐夫的棉衣里絮棉花，说是必须今晚做好。听今天传来的消息，山里已经开始下霜了。

我在电灯这边躺着看书，没过多久就听女佣阿京说做得差不多了，接下来就交给她吧，说完便抱着那件棉衣走了出去。阿姐捡着落在榻榻米上的棉絮说，今天中午到现在一直在缝东西，感觉好久没跟你打照面了呢，肩膀也有些酸了。不过这么久没做针线活，这一开始做，最先开始疼的就是这里了。说着，阿姐盯着大拇指的指尖。就算阿京走了，也有些难以启齿。也不知为什么，感觉阿姐知道这件事后会很难为情。正在犹豫不决的时候，阿姐似乎忽然来了兴致，把筝拿出来，开始调起了琴音。然后我们又说了好多，最后还是没等我提起信这事儿就睡了。

和我并排睡下的阿姐很快就进入了梦乡，简直让人羡慕。但我却十分清醒，一丁点儿睡意都没有。越是想要赶紧睡就越睡不着。从十二点到一点，时间在屋外稀里哗啦的雨声中、在两三间外的座钟声中流淌而过。那个女人的片段接二连三地在头脑中掠过。一个接一个的场景，就像回想起看过的歌舞伎表演一样浮现在眼前。哪怕有其他记忆穿插其间，也会像在漆器上哈气一样，水汽很快变干，变回那个女人。

我甚至想起了七八岁时和我一起玩的阿娟。我提着装着金花鼠的笼子，来到一个门窗店前，踩着满地的刨花，隔着无花果树一个劲儿地喊着阿娟、阿娟。拉门里传来练三味线[1]的声音。是谁来了啊，是阿礼吗？快进来吧。伯母在屋里叫我。阿娟来到缘廊边上，嘴里好像在说些什么，但却听不见。她的白袜上印着木屐的红鞋绳的痕迹。阿娟冲过来，说不让我来这里，还说马上就轮到她弹了，弹完马上过来，让我去门口等着，看起来很是在意其他人的样子。阿娟回去

① 三味线：日本传统弦乐器。

后，就听伯母问，阿礼是不是已经回去了？我用指尖玩着无花果树上虫子吐出的锯末一样的东西，站在原地没有离开，金花鼠嘎啦嘎啦地在笼子里的圆环上跑了起来。忘记她是谁了，一个高个子的女佣走出来对我说，阿礼你的衣带松了，蹲在身后替我系好了衣带。系好之后说，真是一只可爱的小老鼠啊。说完就离开了。

阿娟终于在胸前插了一把红色的扇子走了出来，说这是去不动明王尊的庙会买的，看着金花鼠，她说，哎呀，你看它跑个不停呢，很是高兴。我俩争着从刨花里跑了出来。我说去我家吧，阿娟说要去她家。

过了几天，说是巴屋里厅要办三味线的演奏会。我穿了一身好衣服，和母亲一起去。院子里的樱花树上挂着六角形的小灯笼。我们坐在众人之中看着热闹。阿娟母亲发现了我们，把寿司卷放在鲍鱼的贝壳里拿过来。卖伞的老爷爷四处剪着蜡烛芯。三味线的乐声响起，红白相间的幕布拉开了，阿娟头上插着好多支金光闪闪的簪子，身穿振袖和服，长长的衣带像下摆一样垂在身后。我高兴极了，越看越是喜爱。另一个跳舞的不时吐吐舌头装出可爱的样子，让我很是反感。我想台上有阿娟一个人跳舞就够了。后来跳舞的阿娟越来越大，成了大人，趴在不知谁家昏暗的小窗下咬着袖子以泪洗面，发髻上绯鹿子[1]的穗子摇摇晃晃，哭诉着为什么不回信，我想见你啊我想见你——无论想什么，都会变回写信的女人。

忽然想，反正睡不着，不如读读那已经残破不全的两封书信，哪怕能读懂一行也好。阿姐转了个身，正背对着我。我一边祈祷阿姐不要醒过来，一边悄悄钻出被子，走到衣架旁。衣服的袖袋撑得很大。从袖袋里取出书信，又悄悄钻回被子，轻轻挑了挑床边的小灯。

摊开被老鼠咬破的部分，其中一封只剩了不到一半，用淡淡的墨迹印着贝壳的图案。另一封没有图案，只是白纸。这封信已经彻底破损，打开后便碎成了一片片纸屑。结合前后字句体会贝壳图案周围的内容，大概是说还没等这封信送到，我或许已经去了极乐净土……要是能拿上一件让我记得你的东西就好了——我走后不要剃发，头发要留在身上……唯有一点不能理解，就是您既然是家族的栋梁，为何迄今都坚持不娶？万一您是想静待时机前来迎娶我为妻，我这样死去也未免心有不甘。但这也只是愚笨的迷茫罢了……您

---

① 绯鹿子：一种深红色的绢布，因花纹像小鹿后背的斑纹而得名。由于染色工艺非常复杂烦琐，产量很低，是一种名贵的布料。一些日本传统女性将绯鹿子系于发间用作装饰。

一定已经把我忘得一干二净。愿您迎娶聪慧贤淑的妻子，儿孙满堂。在远方祝愿您平安无恙……我对您没有丝毫的怨恨。我永远想念您。先前曾经说过很多对您不敬的话，请您原谅我的无理。现在只想再见您一面，哪怕远远的也好……某月十一日。细如蛛丝的字迹已然模糊不清。女人在等待着一步步接近的死期了。

读到这里才发现，后面那封已经破碎的信上的字体和其他的都不相同，应该是别的女人写的。最后这封信的字体中间粗两边细，实在称不上好看。日期是七月十二日，应该是上一封信日期的翌日。本想从一个个断片中寻找还能读出来的内容，但毕竟字体不同，解读起来十分吃力。

……的女人不长……嫁去……是实属……的。……虽是毫无依据的坊间谣传，但若万一……（此处信件遭到虫蛀），如真……。……越来越近了。……

看来这里是开头。

……还有没有告诉您的，但始终无法释怀……

只有这么多内容了。剩下的便是像揉碎的秋叶那样的碎片，或是像竹签一样的碎条。能够解读的内容一行都没有，就算能看出只言片语，也毫无意义可言。唯有一点，女人求他人代笔，就证明她已无法动弹。就这样，她走到了生命的尽头，枕边是她的嫁衣，她的黑发杂乱地散在印着红花的被褥上。陪在床边的女人流着眼泪，在灯光下捧起她的长发，用黄杨木梳子轻轻地拢起，将这封信悄悄藏在了怀里。

正当我收拾纸片时，忽然一片较大的碎片掉落出来。

……的，请您祈祷，……消去诅咒……

中间破掉了。

……中此诅咒的家系，每到二十七岁便会去世，让人困惑。若当真如此，家族的兴旺便无从……

看起来，像是男人的家族受到了诅咒，长此以往，家运便会衰败，需要想方设法除去这一诅咒。读到这里，像是被泼了一桶冰水，重新找回先前的碎片。女人早逝，难道也是因为诅咒的缘故？难道嫁过来的女人都会在二十七岁那年死去吗？隐约记得，这家的大夫人就是在二十七岁那年去世的。三十多年后，阿姐嫁了过来。——我愣住了，嘴里差点儿喊出声来，阿姐！阿姐正安静地睡在旁边。

七

睡午觉这会儿，下了四天的小雨竟然停了。午后的太阳高高悬在半空，心里也像拂去了多日的阴霾。广阔的天空中一丝云彩都没有，又高又深，湛蓝湛蓝的。屋后小鸟叽叽喳喳地叫着。坐在仍在滴水的金线草旁看着阳光，天气好得身体都轻巧了许多。

阿姐走来说，你总算起来了。她把新做的手绢塞进衣带里，看起来有些匆忙。本来打算中午叫你起来，但怕你睡不够，就没有叫你，现在已经四点多了。都是因为昨晚睡不着，两个人一直在说话。阿姐又刨根问底，昨晚我醒来的时候，就看你瞪着眼睛，在想些什么？我嘴上说没什么，但手却不自觉地摆弄起手绢。阿姐笑道，怎么问你你都不说，这不是让人更想知道吗。现在回想起来已经不算什么了，诅咒什么的，不过是遥远的过去的事情，在如此光天化日之下，怎么可能有什么不干不净的东西存在呢？哪怕是再读上几遍那些信也不怕。一定因为是半夜，外面又下雨，还是在昏暗的灯笼下，才会疑神疑鬼。因为睡不着，所以头脑都跟着出问题了。阿姐说，今天是旧历十五，傍晚要招待四乡举办酒宴，得赶紧去帮忙准备。说完就匆匆忙忙地走了。

一个人走去屋后。那棵朴树拥抱着几十只叽叽喳喳叫得欢快的椋鸟立在那里。白色的蝴蝶在花田里忙碌地进进出出。

绕着花田转了一圈，走去对面一排仓库后面，那边有一个通往外面的小门。小门虚掩着。外面是一大片苗圃，一直向上延伸到对面长满古杉的小山脚下，杉苗仿佛染上了赤枯病。最左边的麻栎树后就是高耸的山崖。右边是六七亩绿油油的稻田，从中间最低的地方开始变成梯田，一直延伸到正面的小山背后。稻田中间散落着五六座稻草房。四周完全是碗底一样的山坳。

我从苗木丛钻出去，闲逛到田地里，稻子已经结穗。来到流水淙淙的水渠旁，一把一把揪下长鬃蓼的花，复又扔出去，又抓了一大把田边大豆的叶子，每隔一寸摆上一片，再把长鬃蓼的花瓣一片片摆上去。转眼间，眼前就出现了够十个人吃的小盘子。往前走上四五米，这次摆起了菊花的花瓣，再换成了荞麦粒。最后没得摆了，便摘下黄豆摆在上面。玩腻了，就摘了稻穗，用门牙一颗颗嗑开还没长成的稻粒，吸着里面牛奶般的浆液往回走去。回头一看，不小心把刚才摆好的花瓣和叶子都踩得一塌糊涂。

待回到苗木丛，远处山上下来一位系着头巾的老大爷，肩上背着一个小筐。我朝他走过去。

走到跟前，老大爷解下头巾，郑重地朝我行了一礼。他是住在乙吉那里的老大爷，胡子像是细小的鱼刺一样在阳光下闪着亮光。我看了一眼他背后的背篓，里面是满满的香菇。我用下巴示意问他这些香菇是不是山里长的。他却风马牛不相及地说，您说什么？是要扫墓吗？墓地就在这座山上。大概因为他听力不好。我不禁忽然有些好奇起来，这座山上究竟有谁的墓，想要登上去见识一番。

蜿蜒前行在杂树林中，树叶的日影已经变成了泛红的夕阳。爬到松林中的红土地时，眼前终于开阔起来。

两三町宽的碧蓝的河流缓缓打着旋儿，从对面险峻的山脚下流过，山涧里满是嶙峋的怪石。河岸这边的稻田往左越来越宽，过去又是山，从两侧将河道挤成一个撇点的模样，一直流向远方。斜阳给湛蓝的河水抹了一层淡紫色，河道中心的赤松林将河水分成两股，在白色的浅滩上轻溅。河水合流后窄了不少，最后消失在昏暗的山间。河边那条崎岖的小路上，有两个小小的黑影，牵着淡墨色的小船逆流而上。

回头看去，对面山麓有一个古老的小镇，房子错落排列在一座小丘两边。镇子右侧是红瓦的寺庙，种了三棵银杏。小山左侧能依稀看到阿姐家土墙的一角，那棵朴树就代表了这座山中小镇的颜面。

我又朝河水看去。近旁的树荫里知了叫得正欢，那悲凉的叫声在发红的日影里直传到对面的山里。我沿着小路朝树荫走去，高大的赤松异常繁茂，遮天蔽日，一丝日光都透不进来。也不知道知了究竟停在哪棵树上。拐过弯，声音到了身后，很快就听不到了。昏暗的小路上覆盖着青冈栎，右侧是高高的台阶，通往一座石头鸟居，鸟居两侧有两座石头灯笼。沿着台阶上到顶端才发现，这里是阿姐家的墓地。

树林中有一片昏暗的开阔地，长满了青苔的小径两侧是高高矮矮的墓碑。正面的墓碑被落霜红簇拥，上镌刻着“初代七郎右卫门”几个大字。四周寂静得连树叶落地的声音都能听到，整个人都被周围的气氛所感染。抬头仰望，天空狭窄，盖在头顶，白云的碎片飘浮在空中。

右侧最靠外的是十二代七郎右卫门后妻的墓，如果没猜错的话，她应该是大老爷的继母。下一座墓碑前的花瓶之间，有一段蛇蜕下来的皮。我用手抓住，想把蛇皮拉出来，没想到稍一用力，咔啦一声，蛇皮断了。探头看向石缝之间，往下一寸，蛇身部分夹在中间，头无力地向下耷拉着。一个蝉蜕粘在蛇皮嘴部，仿佛在说着些什么冰冷的话。我伸手摆弄了一下，蝉被咬得很紧，蛇皮无力地摆来摆去。背后的杉树下面有烧过火的痕迹，墓碑背面写道：

……元治甲子元年四月十日战殁 行年七十 有二男 文政戊寅十二年投资 修八津川堤防八里 藩侯赐白雁一双嘉赏焉 弘化丙午三年大饥 散粮救二十一村 藩侯再赐银十枚……前妻名加久……

还写着什么死于二十七岁等等。看了一眼墓碑正面，应该是大老爷的双亲。我觉得奇怪。大老爷的妻子死于二十七岁，生身母亲——虽然继母应该活到了七十四岁——也死于二十七岁。对面那排一角是大夫人的墓。走上前一看，不出意料，写着行年二十七岁。心中的疑惑更强烈了。昨晚的书信像阴影一样笼罩在心头。脑袋木木的，重得像塞满了泥土一样。又是二十七岁。随后，我看遍了每一座墓碑。一座合葬的墓中，是十二代家主的两个女儿，分别死于一岁和六岁。十一代家主的女儿死于十六岁。十一代家主的妻子中，后妻活了六十多岁，而前妻则在三十二岁早逝。

一个接一个看过去。有不清楚时就贴在石头表面反着光看。看着看着，又看到一个女人死于二十七岁，是第十代家主的嫡妻。这样一来，二十七岁死的已经有三个人了。站定细想，仿佛周围昏暗杉林后的黑风都在耳边重复着诅咒的声音，然后飘向远方。这一定是错觉。我想，我得赶紧离开这个地方，忘记其他墓碑。不知不觉间我已经下到石阶中央。周围已经非常昏暗，只有脚下踩着的石阶还隐约泛着白光。

忽然想起了阿姐。猛然回头，也许是眼睛花了，眼前的石灯笼下似乎挂着蜘蛛丝似的东西，长约一尺，下面一段却埋在土里。我继续下台阶，却发现本来以为是蜘蛛丝的东西下面一截就断在土里，这会儿看又像是延绵向远方，另一头一直延续到家里的土墙根儿下。从那儿开始就变得很细很细，细得几乎看不见，一直延伸到阿姐的袖口。阿姐的袖口每摇摆一次，那根蜘蛛丝都会白花花地、呼啦呼啦地摇摆起来。　　世上怎么可能有这种事情？得告诉父母，让他们想办法赶紧把阿姐接走。不然我一走，说不定阿姐的病又会严重起来，等到了二十七岁就会死去。虽然难以置信，但也不能掉以轻心。我一边否定自己，觉得自己尽想些啥事，一边朝开始的入口走去。不经意间朝树间看去，远处是傍晚发蓝的天空，从地平线上升起一轮圆滚滚的月亮。分成两岔的河水朝天边的月亮流淌，消失在淡蓝色的雾霭之中。今晚会是个漂亮的月夜。

八

从夜色中走进厨房，小厅拉门的缝隙透出厅里火红的灯影。一屋子人正热闹地喝着酒，哇哈哈哈，爆出一阵笑声。我这才觉得，仿佛刚刚从噩梦中醒来。阿京看见我，说，您回来了，浴室已经准备好了，这就去沐浴吧，少奶奶已经找您多时了。

从宴席旁的缘廊经过，纸拉门上映出五六个人的影子。一个大大的映在拉门上的女人的身影，像是在往酒盏里倒着些什么。别逞强了，别逞强了，你是还没喝醉呢吧？一个苍老的声音不停地讲着大道理，边摆手边说，你听我说啊。还有人互相倒酒，席间百态全像皮影戏一样映在纸拉门上。不知道谁家的女孩也来帮忙了。最靠缘廊的这扇直拉门开了一道缝。我把脸扭向院子走过门缝，忽然屋里传来一个声音招呼道，喂，你。叫你呢，屋檐下面的阿柜叫我。身后跟上来的阿京说，您还是先去沐浴吧。

泡在浴池里，就听到阿柜小声催着，乙吉、兴平。宴席那边一下子安静下来，我正诧异，就听那两人和着曲调唱起了小曲。一个高高的嗓门和一个低了八度的调子竟然奇迹般地融合在一起。是一支欢快的曲子。高嗓门的应该是乙吉。阿京招呼了一声，把衣服收拾到一边。据说他们唱的是《落舟曲》。什么什么嗨哟，最后一个音还要高高地挑上去。

“顺流而下时候欸，嗨—— 哟！”又重复了一遍歌词。还有一个男的在一边模拟着水哗啦哗啦的声音。

“顺流而下的时候唉，堇还通红唉。一到就是大浜唉，嗨—— 哟！灯火通红唉，嗨—— 哟！”里面的人唱着。

阿京帮我擦着后背。我问她，大浜的灯火是什么，她咏咏笑着说她也不知道，“应该是有女人的地方吧。”

九

踏着月光沿着二十五间的缘廊朝里屋走去。上面那间房里，点着有朱红色灯罩的灯笼，摇曳的光洒在泛着黑光的木台阶上。灯笼对过，阿姐身穿印度棉和服，背对着入口，像等得有些不耐烦了似的，不停翻弄着炭火盆里的火。

走进上间，阿姐转过来问道，哎呀，你这是去了哪里？我说去附近散散步。我们两人面前各摆了一个红色的高脚餐盘，火盆上的砂锅发出咕嘟嘟的声音。怎么找你都找不到，也不知道你什么时候回来。今晚院主来找大老爷，所以我们两个正好可以一起赏月。还想着进来出去的太麻烦，就让人把吃的什么的全端过来了。虽然没有什么太好的，但也都是我自己做的。阿姐兴致很高，把小锅从炭火盆上端下来。你再往这边来点，哎呀，你的脸怎么这么红？还说呢，才热乎乎地洗完澡，就被一个也不知道叫什么的大爷拉着进了厅里，喝了四五杯呢。哎呀，可真是多管闲事的老大爷。那你今晚不喝了吗？阿姐有些失望地问。还能再喝一些。机会难得，也别太勉强，再喝上一两盅吧。说完，阿姐把酒壶热上，把锅里煮的豆腐盛出来，浇上一些芝麻味噌，然后又在旁边放了一些红姜丝。阿姐拿起筷子说，真是个漂亮的月夜。

拉门外仿佛海底深处的国度，如果拨开满地淡蓝色的月影，那双手一定会沾满白色的泡沫。走在池水表面，就像走在绢丝被上一样。潜到林木之间，树枝会像水草叶一样漂来漂去。远处遮住视线的松林像纸一样薄，只要掀起来就刺啦一声破碎开来。这个二三十里的青白色国度，好像可以装入这间高高的房中。山脚下、院子里满是白色的光，往上看，依旧是夜的蓝天，静谧的月夜。开口说话，话语在水面上漂过。

忽然想起来，卖纸那家的阿阳怎么样了呢？阿姐突然说。忽然想起来，你是不是特别喜欢她？为什么？呵呵呵，你是不是喜欢她呢？你还记不记得，有一次，不知谁给了你很多贝壳，是阿阳给你缝了一个装贝壳的袋子。面儿是桔梗紫的甲斐绢，里子是白色的，还有红绢的绳子。那之后阿阳在家里的二楼哭来着吧？我也不知道，但到现在也过去五年了，那时候我还养兔子来着。听说她现在在一个荒凉的岛上。啊啊，今年夏天去叔母那里的时候，我爬上山，依稀看到阿阳的那个岛就在地平线附近。虽然那时候已经忘了阿阳，现在回想起来，就是那个岛呢。现在忽然想她了。只要爬上这座山，应该就能在海上看到她在的那座岛。

月亮的亮光摔碎在小桥对面的水草之间。刚刚说的阿阳，是和阿姐一起做针线活的姐妹。阿京烤了鳗鱼端过来。阿姐让她去洗澡。阿京说现在阿富在洗着呢。

打开盖碗，里面是撒了香菇和蛋黄的高野豆腐。这是在山上采的香菇吗？哎呀，您去采香菇的那里了吗？香菇不是要晾一晾才能吃吗？您上山了吗？是啊。一个人吗？一个人。您怎么知道香菇是那儿的？其实我没看到香菇。您不知道吧，走进杉树林，一直往里，尽头有一片墓地。墓地啊，说着不经意间隔着灯笼看了一眼阿姐的脸庞。总有一天我要埋在那里的，有朝一日去看看吧。阿姐不要，我放下酒盅，心中暗想难不成阿姐也会走上二十七的命运。阿姐绝不会那样死去。呵呵呵，阿礼，怎么一副这样的表情，喝醉了吗？阿姐有些高兴地看着我。阿姐还一无所知。我在心里祈祷，但愿她永远不要知道。

“唵？”阿姐叫道。月夜里传来了笛声。阿姐侧耳倾听，说不是大老爷就是院主。闻到了一股阿姐白粉的味道。闭上眼睛，眼前忽然浮现出写信的女人，扮成表演歌舞伎的样子，她环顾四周，接过小童偷偷递过来的信，等不及了似的塞进衣带，钻入挂了两层帘子的门里。女人卷起散在地上的长发，因为有病在身，她十分消瘦。红友蝉的内衣袖口缠在惨白的小臂上。睁开眼睛，阿姐边听笛声边望着天空发呆。笛声融进了这苍蓝的月夜。

阿京又来了。这次她带着乙吉，说，乙吉找您。话音刚落，乙吉就微笑着说，让我来敬您一杯吧。乙吉的舌头打转，听不太懂，但好像在说明天要开船了。阿姐问，然后呢？乙吉问，您明天走吗？欸？阿姐十分错愕，她一脸不解地问，你什么时候答应乙吉的？前一段时间求他的。不过阿礼，明天水还没退呢，出不了船吧？阿京插话说，水已经没问题了，有人来报说水已经不浑了。不过，您也不用着急明天回去吧。

就这样你一言我一语，怎么也决定不了。忽然想着不如干脆明天回去吧。阿姐不甘地说，明明还想让你多住些时间的。阿京看着灯笼里的蜡烛说，不过明天船可是会载着木炭下山，没准会不干净呢。那多有趣，正像歌里唱的，载着木炭十三里啊。呵呵呵呵，刚刚听过您就记住了呢。阿京在台阶那里回头说。不不，这可不是我今晚第一次听，我还没到这里的时候，就在城根下听过了。去看城根下，噫哟哟哟，我学着刚才听到的调子，一口干了阿京给我倒的酒。呵呵呵呵，阿京笑道。酒气一下冲到了头顶。笛声还在断断续续地传来。

阿京走后，阿姐扑到我身上说，阿礼，你回去了，我可——你真的要走吗？阿姐双手按在我膝头看着我，眼中充满了泪花。

桑葚

一

久美寄身的这家咖啡厅虽然店面很小，老板娘又是个外行，但因为附近没有其他铺子，所以不光时常有人叫外卖，上门光顾的客人也不算少。尽管在旁人看来干得有声有色，但实际上仍有不少让人发愁的地方。每到月末，老板娘都会拿着笔，满面愁容地对着账簿发呆。

久美觉得，自己无所事事地当个闲人实在过意不去，便总是主动去找一些活儿来做。但厨房有厨师管着，门面有一个叫阿安的机灵能干的女店员带着另一个店员，还有一个小子负责送外卖，老板娘没事的时候也前前后后地忙活，所以久美除了照看老板娘刚满十岁的女儿明了和年幼的儿子，以及做一些缝缝补补的活计以外，实在是没什么可做的事情。

“久美，赶快歇着吧。都十二点了。我都快睁不开眼了。”

到了晚上，久美把能干的事情干完，来到空无一人的前厅，心情低落地在镜前解开头发，似看非看地望着玻璃窗外街对面邮局门前红色的电灯。老板娘百无聊赖地从屋里走出来，一边归置店里的椅子一边对久美说，还一脸倦容地打了个哈欠。

女服务员阿安趴在对面的桌上打起盹来，丰厚的长发时髦地卷在头顶，上面插了一把厚实的黄色梳子。

“这是下雨了吗？实在是潮得很啊。”

“谁知道呢。”

久美打开玻璃门朝外探了探头。虽然没有下雨，但外面一片漆黑。这条街本来店面就少，到了这个时间每家都打了烊，街上空无一人。头顶的夜空有一颗似乎要融化的星星，忽明忽暗地闪烁着，像是在暗示着什么。

久美关上店门来到老板娘身边。这时双眼已经习惯了夜色，店里看起来像沉在水中一样，充满了蓝色的蒸汽，一切都像白天一样光亮。

店里朴素简洁，全无奢华做作的装饰。咖啡厅的常客青木先生的两幅油画摆在暖黄色的台布上格外显眼。一幅画了一个坐在椅子上的西洋女人，另一幅是插满各色鲜花的黑色花瓶。

二楼一个带着女人的西洋画画家和另一个同行者还在翻着花牌。

老板娘一个人孤单单地坐在椅子上，久美站在她身边，把刚才就盘旋在心头的关于自己今后的烦恼倾诉给老板娘。

“要是不小心找了个不靠谱的地方，那才容易毁了自己呢，所以万事都要小心啊。——我虽然也想多照顾你，不过你这样住在我这里，肯定会很无聊吧。”老板娘替久美着想，觉得久美在这里待久了会觉得无趣。久美本就不是挑三拣四的任性之人，她觉得自己留在店里也帮不上什么忙，心中十分过意不去，因此才会如此心事重重。

“我要是本事再多些就好了。您看我这个样子，一点儿忙都帮不上。”

哪怕是这种时候，久美都会这样表达自己的歉意。

“你会这么想，说明你还是拿我当外人。我这里多你一个人根本不算什么。况且你在这里还能帮我这么多忙。——别胡思乱想的，就当自己是家里的一口人吧。”老板娘亲切地说。

“不说这个，你转过来，面向我这边。你这颗痣的位置很有趣啊。”

“是这里吗？”

久美的话题就这样被岔开了。

老板娘是个善良的人。丈夫死后，她一个人带着两个孩子，经历了无数说不出口的辛酸苦楚。毕竟是在风雨和苦难中挺过来的人，她为人做事都十分诚恳体贴。

听她说，她去世的丈夫是个西洋画画家。以老板娘的为人，要是没有这两个年幼的孩子，她就不用受这些罪。她开这家咖啡厅，青木先生帮了很多忙，其他画家也常来照顾生意。他们这样做是出于对去世画家遗孀的同情。可就算这样，咖啡厅的生意也不是一帆风顺。

久美来到店里寄身，还没来得及整理心情，就已经过去了两个月。

回头想想，自己也是一个漂泊不定的人啊。父亲在自己两岁那年就走了，十一岁之前，都是继母在照顾。十一岁那年，年过四十的继母把久美过继给别人，自己再嫁到了另一个家庭。继母好像是在红十字医院做护士长，而收养久美的则是那家医院的书记。

在新家里，养父供久美继续上学，但就在久美十四岁，刚刚升入女子中学后不久，养父忽然撒手人寰，久美又开始了和养母两个人相依为命的日子。没过多久，久美就辍学了。

养母没有经济来源，不得不搬到一间狭小的屋子，如果只靠帮人家做些针线活，实在是没办法糊口，所以就连久美也不得不为了微薄的日薪去商业区一家商品陈列馆的小卖部做售货员，或者去一家不大的商会做服务员。

养母本来就是一个有些刻薄、为人又十分冰冷的女人，丈夫去世后，随着手头越来越紧，就愈发露骨地把养女久美看作累赘，拿她来撒气。久美在上班的电车里，回忆起先前的继母，又想着无依无靠的自己，无数次悄悄地流下眼泪。

养母听红十字医院的人说，先前的继母将久美过继到现在的家里后，和丈夫两个人一起去了台湾，后来又听说现在在上海。两人出国之后，还不时往国内寄些信件，但两年前突然就断了联系，连个明信片都没有寄来了，也不知道现在怎样。每当养母把这些事儿提出来说三道四，久美都觉得仿佛是自己的错一样，心痛不已。

就这样，两人在穷困中过了一年。养母总是找不到工作，而久美挣来的钱，除去上下班的交通费和各种杂费支出，光是养活自己就已经很困难了。吃不得苦的养母竟然说只要把久美安排出去，自己就能找个包吃包住的大户人家做针线活了。

久美只好按照报纸上的招人广告，找了个周日去应聘。她去应聘的地方，就是现在的老板娘以前工作的地方。老板娘那时守寡没多久，在新宿的水道町开了一家教授装饰美术手艺的门面。久美在那里干些女用人的活儿，闲着没事的时候就学些手艺。不久之后，养母终于遂了心愿，进了一位家住东京青山的伯爵家里做缝缝补补的针线活儿，直到现在。

老板娘可怜久美的遭遇，对她像亲生女儿一样疼爱有加。那时候，她的女儿明子只有五六岁大，小儿子还只是婴儿。来找老板娘学习手艺的人，最多的时候也只有四人。老板娘教他们手艺，也让他们帮忙做些活计，按照亡夫的画家朋友们画好的图案，制作一些西式的壁饰、桌布或是窗帘，放在商业区的商店里卖。趁着少爷睡着的时候，久美还会和来学手艺的人们一起，学着做些毛活、小孩子的高腰裤、帽子之类的东西。

那时候，青木先生不时也会来寒暄问候一下。

二

久美把老板娘的手工店当作自己的家一样依靠，但好景不长，不到一年时间，老板娘就觉得生意无法维系，决定改行去千驮木开一家牛奶茶餐厅。之后虽然零敲碎打地接了一些做蕾丝边的活，但也没挣到什么钱。久美则只是在店里帮忙做些热牛奶的工作。

老板娘觉得让久美做这种工作，一来和最初谈好的工作内容不同，二来对她的将来没有任何帮助，心里过意不去，想让她去找个更有前途的工作。久美也觉得有前途的工作当然更好，左思右想考虑了很多，但一来她实在不忍心抛下困窘的老板娘自己跑去别处，二来也不愿意离开老板娘身边。她红着眼睛对老板娘说，只要夫人您不赶我走，我愿意永远留在您身边。

那时，久美才刚满十六岁。

无奈牛奶茶餐厅的生意也没兴旺起来，刚开一年就关门了。老板娘决定带着两个孩子回仙台老家。其实，如果只是家里几个人糊口，倒还能勉强支撑下去，但只靠牛奶茶餐厅的收入去偿还亡夫留下的债务，每个月还是会入不敷出。每个月只是利息就让人头痛不已了。

虽然老家那边的生活还算过得去，但老板娘本来是背着父母跑到东京与丈夫私订终身，直到丈夫去世前，娘家都断绝了和她的来往。听说先前开牛奶茶餐厅的本钱是父亲和母亲私下攒出来支援她的，可继承家业的大哥却始终不肯原谅她私奔出嫁。对于丈夫的债主来说，老板娘这样回家就是逃债走人。在这种境况下回老家，她心中的苦楚自是可想而知。

老板娘走后，久美在老板娘的一位好友的介绍下，进了附近一户洋人家里做起了保姆。在洋人家干了七八个月后，又借助养母的人脉，去东京山手一户在外务省工作的人家干了四五年打杂的活。她在洋人家当保姆的那段时间，见到了分别两年的养母。虽然之前一直都有通信，但她却瞒下了老板娘开茶餐厅的事情，只说自己一直像先前一样在她那里学习手艺。所以当她告诉养母自己在洋人家工作的时候，养母着实吃了一惊。

告别了老板娘后，久美还时常和她通信。回家后没多久，老板娘就放下两个年幼的孩子，去一所私立女校教起了手工课。后来，又带着两个孩子开了收留女学生寄宿的家庭宿舍。迷茫了许久后，才开起现今这家咖啡厅。

久美一直拿老板娘那里当作自己的家，不时前去拜访问候。老板娘开宿舍的那段时间，每逢正月学校放假、学生退宿回家时，久美还会去住上几天。

久美在外务省那户人家迎来了人生的第二十个年头。想想自己的将来，真的还要像这样待在别人家里做事吗？尽管心中有些许不安，但自己无家可归，也没有什么赖以生存的本领，就连女人的针线活——在现在的这户人家多少学了一些——也只能算是刚入门，像样的活儿还做不出来。有什么办法呢。

性格乖巧的久美面对地位比自己高的侍女唯唯诺诺，时常被呼来喝去，甚至会遭到训斥。她身边连个可以倾诉的人都没有，只好忍气吞声。类似这些事情，也实在难以向养母开口。

那家的女主人原本是个手艺人，性子很急，又特别挑剔，加上家里孩子多，干起活来十分辛苦。现在回想起来，久美都有些佩服自己，在那户人家做了那么久。每当心情低落的时候，久美都会想起老板娘，自己现在再苦，也比她的境遇要幸福得多。如此，就将一切都隐忍下来。想一想，没有什么生物比女人更无奈了。

没过多久，赶上政府换届，这户人家的男主人升了官，被派去西洋的大使馆工作，决定举家搬去国外。失去工作的久美无家可归，只好去投靠老板娘，准备在找到新的去处之前，先在她那里暂时安身。

前一段时间老板娘身体不太好，小儿子也得了麻疹，久美过去刚好顶了大事儿，但现在却成了可有可无的闲人。虽然心里明白自己不可能永远住在老板娘家里，必须赶紧想办法找到活路，但她无论如何都不想再像养母吩咐的那样，去谁家的宅子里做事。还有一丝若有若无的任性在她内心作怪，哪怕是在厨房洗碗做饭也好，只想找个清闲的地方待着。听说有个地方能学习使用缝纫机，本想去那里试试看，但老板娘却说那里没什么意思。不管哪个行当，现在开始学都为时已晚，更何况自己这种不得其门而入的外行。

如果可能的话，倒是想干脆让老板娘收养自己，一直依靠这个家活下去，可是这里又没有自己能做的事情。如果能像女店员阿安那样能干，只要久美一个人去做就可以，完全没必要雇人。但久美没法像她一样察言观色向客人赔笑，万一遇到需要招待客人的场面，岂不是被人笑话？难道只有去别人家做工这一条路可走吗？

久美躺在老板娘的女儿明子身边陪她睡觉，一边如是想着，一边看着窗板缝隙里开始发白的天空，她一大早就从睡梦中醒来了。

三

久美刚开口说想找工作，正好赶上青木先生家雇的阿婆要回儿子家，在找到新保姆之前，需要找人来接替一段时间。

一个下着雨的午后，青木先生像往常一样，一脸失落地来到店里。在和老板娘推心置腹地谈了一会儿之后，由阿安伺候着吃了晚饭。几杯威士忌下肚，就在青木先生和老板娘一时间没了话题的时候，他招呼在一边转着绞肉机把手的久美说："久美，你还记得我吗？"

"看您说的，咱们前一段时间不是还见过面吗？"

"话虽如此，但我觉着你会忘了那时见的是我——上次见的时候我还当是谁呢？跟变了个人一样。"他说着，趴在了桌子上。

“您一点都没变啊。”

“和在水道町的时候相比？但我已经是个四岁孩子的父亲了呢。”他也没回头，对老板娘说。

“久美，要不要带着明子一起来我这里？我请你们喝山羊奶。”

“您家里养山羊吗？”

“有两只呢，两只。”说完，当瓦斯灯点亮的时候，青木先生就红着脸冒雨回去了。又黑又长的领带垂在胸前，在领口打了个大大的结。尽管他打扮成这样，却一点都不显得做作，反而拥有能够吸引人的魅力。他看起来过得十分节俭清贫。久美以前听老板娘说过，青木先生在法国留过两年学，去年刚刚回国。

那时她并没有打听青木先生家里的事，但没多久他就带着少爷来到店里，找老板娘商量说家里的阿婆要回儿子家，却没有人接替，不知如何是好。听着话里话外的意思，仿佛是青木先生的妻子去世了还是怎么的，如果阿婆走了，家里就只剩下青木先生和少爷两个人。

“你也真是一点都不着急，怎么拖到这个地步了才说？”

“本来也没觉得有多着急，想着到时候再找人来替，但你看我这么忙，一不小心就忘了。”

青木先生和老板娘两个人小声说着。之后青木先生又来了两次，每次再来都会隔上几天。

昨天青木寄来一封明信片，说是实在没办法了。当天晚上，老板娘一脸愁容地把情况告诉久美，说是虽然不知道久美愿不愿意，但现在唯一的办法就是让久美去青木先生那里顶上一段时间。

之后，老板娘把青木先生家里的情况给久美讲了讲。青木先生的夫人在去年年末的时候，把少爷留给青木先生，自己回了东京牛迁的娘家。听说她患癔症已经有一段时间了，总是四处游荡。

“青木先生为人实在，性格又这么好，就更觉得他太不幸了。——反正我觉得他早晚都会再娶一个更好的夫人。”

“但现在的夫人也很不幸啊。”

“其实啊，可以说现在他们按照夫人的意思，就跟离婚了似的……”

说到这里，老板娘换了个话题。看起来，其中有一些无法言明的瓜葛。

现在青木家的阿婆，从青木先生还上学的时候就开始伺候他了。青木先生出国留学的那段时间，只有她和夫人两个人在家照看小少爷。阿婆这次说是非回儿子家不可。

老板娘的丈夫平河先生以前对青木先生很是照顾，平河先生去世后，青木先生对老板娘可谓照顾有加。所以，只要能帮上青木先生，老板娘自然不会有任何犹豫。

先前老板娘办家庭宿舍的那段时间，久美听住在老板娘那儿的女学生们传言，仿佛老板娘和青木先生之间有什么关系似的。但熟知老板娘性格的久美自然不可能相信那些风言风语。尽管无论谁看到青木频繁出入老板娘那里，都会议论些有的没的，但青木先生本就是个十分传统的人，而且那时他刚刚和夫人结婚不久，就更不会有那些传言中的事儿了。

“我本来以为很快就能找到合适的人，但现在真的没有办法了，所以久美你愿不愿意先去青木先生那里帮上个十天半个月的忙呢？”

老板娘似是有些难以开口的样子。

“他是个不怎么挑剔的人，只要做好饭、看好小少爷就行。——白天你还能时不时把小少爷带到这儿来。而且刚才我也说了，这回青木先生的弟弟刚好来东京参加入学考试，他家晚上也不会很冷清无趣的。”

“这样啊。”久美考虑了一下。

“不愿意吗？”

“哪会不愿意。我只是担心，像我这样没什么本事的人，也不知道能不能帮上青木先生的忙。——厨房里那些事情，我真的是什么都不会做啊。”

“没关系的。”

老板娘还为久美考虑了不少，说是毕竟青木先生一个人住，要是身边有一个年轻女人，在世人面前难免有些不太好的影响，但现在家里还有弟弟在，连这点都不用担心了。久美也觉得，在自己找到正式工作之前，去青木先生那儿帮忙对自己来说也十分合适。

老板娘给青木先生写明信片告诉他久美愿意去帮忙，他悬着的心才算是放了下来。但他还是写回信说，尽量去找别人，不麻烦久美。但没过两三天，青木先生还是决定将久美借来用一段时间。

久美和老板娘两个人一大早就收拾行装准备出门，就等穿白衣服的厨师出门采购回来。

四

久美和老板娘在山手线的一个不太大的车站下了车。

久美以前坐这趟电车去品川的时候，总能在车窗外面看到眼前这座工厂似的红砖建筑，还有刚刚路过的牛奶店外有好几头牛的牛栏。这些就像是这座车站的地标一样，每次经过都能看到，但实际下车来看还是头一遭。

“下来就不远了。”

老板娘从天桥上下来，边说边从衣带中拿出车票。两人走出车站撑开洋伞，久美用空着的那只手从老板娘手里接过了装着见面礼的包袱。

两人沿着两旁都是各种小店的街道朝前走去，来到了一条狭窄的小巷前，小巷的入口一边是一座黑漆漆的房子，前面稀稀拉拉地摆了几盆没精打采的花草，另一边是一间门口贴着电影海报的小理发屋。走进小巷看到两边都是些肮脏不堪的平房，又窄又乱。

两人抄近道，从这条脏乱的小巷向左一拐，才又回到了大道上。来到了一片街道两边都是时髦的小楼、很有品位的街区。

“哎呀，你看这可真是不多见，那边还有麦穗长出来呢。”

“这里的房子真是漂亮啊。就在那座房子的后身。——看那，那是红脚鹬。”

“你看他们是这样装饰的呢。啊，这边也有。红色的真漂亮。”

两人一边感叹，一边走在两边树木郁郁葱葱、充满绿意的街上。

久美好久都没这样清闲地漫步了，眼前的景色让她忘记烦恼，身心放松。两人的洋伞沐浴在五月轻柔的日光中。她们都身穿外出时才穿的衣服。无论是从高高绾起的日本发髻，还是背后衣带的形状，久美看起来都像是一个有教养的女佣。

久美已经不记得从电车上下来之后是怎么来到这里的了。没走多久，她们路过了一座白漆外墙、挂着洋人名牌的不大的单层洋房。又走了几步，从右边杉树墙的缝隙中，她看到了青木先生家的瓦斯灯。

“看，这座房子虽然不大，却很精致吧。毕竟周围也都是富裕人家。——二楼就是青木先生工作的画室。”

老板娘说完，向前走了一步，推开了院子的木门。抬头望向二楼，可以看到二楼的玻璃门里挂了一层白色的纱帘。

久美跟着老板娘收起洋伞。面前的门牌上，用黑色的油漆写着青木先生的名字。

久美来这儿之前，觉得青木先生家会是一座空旷阴森又破败的宅子。然而现实和想象大相径庭。当她看到眼前这座刚刚建好没多久、明亮而又美丽的房子的时候，感觉心中一下畅快了许多。

老板娘按了一下格子门前的门铃。随后从拉门里面传来了有人从楼梯上下来的脚步声。

出来迎接的是一个十八九岁、梳着时髦发型的女人。腰间系了一条鲜艳的薄花呢子衣带，看起来跟咖啡厅的女佣阿安一样是一个擅长交际的人。

“青木先生在吗？敝姓平河。”老板娘问道。

“请进。”女人边说，边打开了格子拉门的销子。青木先生也听到了门前的声音，从二楼下来迎客。

“快请进。今天什么活都没干，就等你们了。——林小姐，来这边吧。把那边好好收拾一下。”

青木先生让那个女人把两人带到客厅。

“阿婆出门了吗？”

“是，带孩子出门办些事，”青木先生小声说，“她是我的模特儿。”

“我今天穿得有点怪。——久美，这边走。”

久美把手绢包着的小包裹轻轻放在一边，跟着两个人进了纸拉门。首先映入久美眼帘的，是镜子里映着的花瓶，瓶子里插了一簇火红的不知名的外国花朵。花瓶下面垫着一方粉色的绣着十字花纹的桌旗[①]。一个不大也不高的小桌上盖了一块绣着奇怪花纹的桌布，矮桌两边各放了一把椅子，看上去像是青木自己设计的，十分朴素。

“久美小姐，请坐在这里吧。我的椅子在这边。”说完，

① 桌旗：摆放在桌上用以装饰的织物。

他从另一面拉来了一把椅子。

“劳您百忙之中抽时间过来。”

“不不。我上午都没什么事情。不过，倒是有些对不住久美了。——对吧？”老板娘闲适地坐在那里，开玩笑似的说道。

“我什么忙都帮不上的。”久美有些难为情地说。

“要麻烦你在他家照顾一段时间了。这里还是很清闲的，都没有什么活，”老板娘依次对两人说道。

“阿婆昨晚已经开始前前后后地收拾行李了。”

“什么时候出发？”

“应该是想着尽早出发呢。都这么大年纪了，可从来都是着急忙慌的。”

“我看啊，无论哪个老人听你这么说都受不了。——最近少爷如何？”

“还是那样。昨天晚上吵着牙疼，哭哭啼啼的。像我这样的人，哪能照看得了孩子啊。”

“也真是难为您了。您能撑到今天，还真是不得了。”

久美一个人望着窗外。

“人为什么要生孩子，简直是多余的事情。”青木先生从盒子里取出卷烟，点上了一根。

“没错。”老板娘扬起嘴角笑了。

“你不用招呼我们啊，我们不是客人的。”老板娘对刚才那个女人说。她用一个银色的托盘端了红茶上来。

“这是我家养的山羊产的奶。”青木先生一边对久美说，一边拿着一个外面有些熏黑了的很怪异的白色小奶壶，给大家的红茶里倒上羊奶。

“快趁热喝吧。”

老板娘和青木先生两人拿起勺子，边喝边聊。久美礼貌地站起来，想把见面礼拿出来。

久美来到玄关拿起手绢包着的礼物，无意间瞥了一眼侧屋，看到来当模特儿的那个女人无所事事地坐在纸拉门附近，手里拿着报纸，漫无目的地浏览着。屋外的土路边上，有一个不大的花坛，里面种着火红的天竺葵和其他一些花朵，很是鲜艳。

“请来这边。”女人把报纸收了起来，客气地招呼久美。那个房间看起来是青木先生弟弟的房间，一张漆面的矮桌上罩着蓝色的毛织桌布，上面放着英语词典和墨水瓶之类的文具。

久美让女人帮忙拿个点心盘。这个房间对面，还有一间四叠半榻榻米大小的起居室、厨房和浴室，除此之外还有另一间屋子。这些房间都收拾得整整齐齐。起居室里，小少爷带扣子的小衣服挂在柱子的钉子上。

女人有些生疏地打开壁橱，随便拿了一件靠外的西洋式盘子。

“好，这个就好。”久美谢过她，解开手绢包，从里面拿出一些夹了洋香菜的三明治放在盘子里。手绢包里还有餐巾纸，餐巾纸里连牙签都带了。

“把林小姐也叫过来多好。”老板娘对青木先生说。女人以为两人找她有事，便出来了。

“不不，我一点儿都不饿。正好回家路上还有点儿事情要办，我这就告辞了吧。”女人说。

“这么急？再待一会儿也行吧？——回去的话，麻烦你顺路把二楼桌子上的那封信寄了吧。明天一定给你画。”

青木说着，把烟头在烟灰缸里按灭。

女人去了二楼。久美去玄关门口送她。女人把信收在怀里，一边系紧衣带，一边下楼。

“忘带东西了吗？”

“不，我去一下侧屋。”说着，林小姐去了侧屋，背对着久美，拿出化妆盒，对着小镜子补了一些粉，才从侧屋出来。

“再见。——请您千万别客气。”

“您也一样。”久美跪坐在楼梯口，后悔有些问候晚了。

“这会儿外面是越来越热了。”

“谁说不是呢，真是烦人。你快去照顾他们吧，辛苦你了。”林小姐告别了久美，随手关上了格子拉门。林小姐穿的和服显然重新缝过，久美有些不忍心去看那道颜色不太一样的接缝。

另一边，青木先生正和老板娘谈论着林小姐。

“久美，你看，茶都凉了。”

久美用蹩脚的姿势喝着不习惯的红茶，听着两个人的对话。青木先生吃了一两块三明治。

那个女模特儿说是从赤坂来的。青木先生花钱，每天上午请她来两个小时，说是还得再来十天左右。久美稀奇地听着青木谈论模特儿的工钱和她们平时的生活。说是青木受人所托，正在画一幅女人坐在椅子上打盹的睡脸的画。

“实在不是什么能拿得出手给人看的东西。不过是一幅难看的小画而已。——等会儿再看吧。也不知怎么的，回国之后懒惰起来，根本没画什么正经东西。光是画些糊弄人的东西，先不说会不会被人批评，自己心里也过意不去。要是有人请我画些个不着急又能静下心来投入进去的作品就好了。”青木先生双手抱在脑后，也不像是开玩笑的样子。

“我家先生才叫惨呢。他画的可能确实说不上好。——‘想一个人静下来画’，都成了他的口头禅了。然后你看，嘴里光说些根本做不到的事情，听着就着急。我说你这样哪行？你哪有工夫画画啊？你看看这个月还怎么过？我经常跟他闹意见。他这个人，没有钱就没精打采、垂头丧气的，这些事情说来还都历历在目呢。”

两人谈论起老板娘已经过世的丈夫，一起回忆起过去的事情。

“唉，青木先生才是前程无量呢。只要不断积累磨炼，你的画总有一天会放出光彩的。”

“谁知道呢。最近一直没什么灵感，大概是烦心的事情太多了。有时候，躺在那里望着天空发呆，反而比画画心情更好。难道我天生就是慢性子吗？”他落寞地微笑着说。

“这样才好呢。人太着急了也不行的。你看看我，跟以前完全不一样了。我已经不想着明天会怎样了。想来想去也没什么意义。”老板娘把话题岔开。

“门口是不是来人了？”久美站起身来。

“没事，不用管。大概是卖豆腐的，送山羊的饲料来了。”

“山羊吃豆腐渣吗？”久美问道。

“豆腐渣和小麦皮磨成粉用来喂山羊。”青木先生答道。

随后，老板娘又问起每天怎么买东西什么的。阳光下，一只泛着蓝光的虫子，在久美的眼前划出一道蓝色的轨迹飞走了。

没多久，阿婆带着少爷回来了。

五

老板娘从画室下来，走到屋后转了一圈，快到正午就回去了。

“阿婆回去之后，就由你来照顾他了。家里的事你跟着阿婆干上一遍就知道怎么回事了。这些家务事干得太细，就无穷无尽，永远也干不完。——久男少爷，今后你就跟这个大姐姐玩吧。是啊是啊，先去坐电车，然后再坐另一趟电车。——记得要听大姐姐的话，乖乖的。要是久男少爷任性，欺负姐姐，大姐姐就哭鼻子回到阿姨那里去了。久男少爷刚刚也说了，最喜欢大姐姐了，对不对？”

老板娘一只手举着洋伞，另一只手不停地拢着鬓角的头发，步履轻轻地走了。久美牵着小少爷久男的手，一直送到来时路过的白色洋房前。

“不过，这里不通自来水，很不方便。洗澡用的水是青木先生的弟弟帮忙给提来的……”告别之前，老板娘唠唠叨叨又说了好多。

妈妈不在身边的小少爷没一会儿就和久美熟悉起来，回家路上一直乖巧地牵着久美的手。远处电车经过的声音在郁郁葱葱的树木间听起来格外刺耳。

一辆蓝色的洗衣房的汽车从身后开来。

久美忍不住回头望向老板娘走远的路。也不知怎的，她忽然想起很久以前，从千驮木的家搬去洋人家工作的时候，在冷冷的冰雨中，老板娘背着小儿子，一直把自己送到有人力车的地方。那时候，久美就像跟亲生母亲离别一样，在人力车里哭成了泪人。

那时年纪还小的自己，穿着老板娘给做的便服，腰间系着红色缎子衣带离开老板娘家的样子还记忆犹新。她觉得，那之后经历了风风雨雨的老板娘也是个可怜人。

“哎呀，木屐掉了？快穿上吧。——小少爷，看你的小手怎么脏成这样了？”

她给少爷穿了件白底配着雨丝样红色条纹的浴衣似的棉服，很适合五月的时节。他只是眼角有些青木先生的影子，听说长相随了母亲，是个看起来弱不禁风、有些沉闷的孩子。他一只手的食指含在嘴里，迈着大步往家走。

青木先生在厨房的水龙头前，正弯腰往一桶准备喂山羊的豆腐渣里拌盐。久男拉着久美的手从纸拉门那边进来。

没多久就到了正午。青木先生说，刚吃了三明治，中午只喝奶就行。久美把阿婆热好的一壶奶和杯子放在托盘里，端上了二楼。

青木先生在那间比较小的居室里，躺在藤躺椅上，正透过开了一条缝的玻璃窗望着外面的景色。楼下青冈树又大又软的绿叶已经挤上了二楼栏杆，蓝天上仅有的几丝低低的薄云也慢腾腾地消失得无影无踪。

久美把装了羊奶的托盘放在躺椅旁的置物台上。

“刚才，外面来了一只小鸟，在那儿叫个不停。—— 已经飞走了吗？”青木先生一动不动地竖起耳朵听着。

“天气真好啊。”久美说着，站在那里，看着青木先生脚边的墙上挂着的一幅少见的挂画。

画里面，一个看起来像是女神的外国女人，打开蓝色的鸟笼，正在招呼树上落着的七只红色的小鸟。这些图案，都是用平时很少见的各色布片拼成的。鸟儿从树上飞起，朝女人手里的笼子飞来，其中一只几乎飞进了笼子。女人脚下，是从没见过的奇花异草。这是一幅宽近两米，相当少见的装饰画。

“你来这里看吧，那边的树林都能看到的。”青木先生以为久美站在那里是在望向窗外。久美把目光从红色的小鸟身上移开。

青木先生直起身，想要倒奶。

“哎呀，真不好意思。”久美赶紧伸手去拿奶壶。

“不用不用，我自己会弄的。”

“没关系吗？那稍后我再细细观赏吧。”久美草草朝画室望了一眼，就匆忙下楼去了。来这里做活之后，在阿婆面前如果表现得和青木先生不那么客气，总觉得十分别扭。

“两位请在这里吃吧。没什么好招待的，真不好意思。”阿婆对待久美简直像对待主人一样，想让她和小少爷先开始吃。

“您不用管我。您就听我的吧，我先伺候小少爷吃完再吃，这样才好。”为人本分的阿婆说完，就把围嘴塞在了小少爷的领子里。

“看这弄得我像客人一样。”久美有些不知如何是好。

少爷吃着吃着，牙又疼了起来。阿婆弄了一杯盐水叫他漱口，结果被盐水一激，少爷哭得更厉害了。

吃完饭，久美往少爷的虫牙上涂了些阿婆帮忙买的止痛药，总算哄睡了少爷。她一个人坐在少爷的枕边。

寂静的地上，爬过一只黑色的、硕大的蚂蚁。简直就像乡下一样。

六

那天晚上，青木先生去和在法国留学那几年结识的朋友聚会，不在家里。青木先生的弟弟大概是嫌一楼太吵，独自去二楼的画室学习。阿婆和久美在一楼四叠半的起居室，坐在电灯下的茶桌边陪小少爷。

久美的行李傍晚时分才运到，这会儿她已经换上了轻便的衣服。阿婆说自己明天出发。

“少爷困了吧。——今晚就把被褥铺在这里，赶紧睡下吧。——久美啊，不好意思，能麻烦把这件衣服给少爷换上吗？”

阿婆从隔壁那间四叠的房间的壁橱里拿来被褥。少爷刚钻进了被子，却又精神起来，闹了一会儿，没多久又累了，终于睡了下去，蛀牙的那半边脸热乎乎地肿了起来。

“总算是睡了。像少爷这样的小孩子，哪怕只有一个，都已经十分缠人了。看来，你得辛苦一阵了。”阿婆像是心里放下了一块石头，坐在火盆旁吸起了烟斗。

“大概是因为他妈妈体弱多病，少爷总是这里不舒服那里不舒服的。就是前一阵子，稍微吃得不合适了，马上就吐了出来……”

阿婆说话还带着些乡音，说了不少少爷的事情。一个弱不禁风的孩子，没有母亲陪伴，受了这么多委屈，真是全天下最可怜的孩子了。阿婆一边说着，一边慈爱地看着小少爷微张的小嘴、长长的睫毛和双眼紧闭的睡脸。

“刚把他从夫人那里抱来的时候，他白天晚上哭着要去找妈妈。那正是老爷失眠，难受得不行的那段时间，老爷晚上好不容易有些睡意，小少爷就忽然醒来哭闹起来，那时候我的心里别提多难受了。——我实在是没有法子，只能背着小少爷出门去后面那条街。外面一片漆黑，我背着小少爷，走在夜深人静的街上，连我都忍不住哭了出来。那阵咱家后面那栋房子还是个空屋，我有时还带着小少爷站在那栋房子的屋檐下面。—— 最近少爷总算是听话一些了，至少不会一直吵着找妈妈了，但你也看到了，身体还是弱得很。—— 这次我回家，最挂心的就是这孩子了。像您这样好心的人，要是能永远陪在他身边就好了，但这又不现实。—— 就算将来老爷续弦，如果不是吃过苦头、懂得苦处的人，也不会对继子视如己出啊。虽然该教育他的时候，我也会严厉起来，但我疼他，那可真是含在嘴里都怕化了啊。”

阿婆真的是把小少爷当成了自己的孩子。

她跟了青木先生足足七年。小少爷是青木先生出国留学四个多月之后才生下来的。少爷三岁之前，一直在国外的青木先生可不知道把一个孩子拉扯到三岁的辛苦。阿婆说，大概是因为这个原因，他对少爷的态度总是像对别人的孩子一样，有些冷淡，所以她才会觉得应该更加疼爱小少爷。

虽然久美后来才知道其中缘由，但从阿婆刚刚讲的看来，夫人的状况应该已经差到了无论这个家到何种境地也没办法过来看上一眼的地步。

“阿婆您一定也吃了不少苦吧。”听了阿婆说的，久美仿佛觉得受苦的那个人就是自己一样。

“不不，像我这种不中用的人，根本没什么本事，顶多就是把这个家当成自己的家一样，勤俭持家。但我这样做老爷有时候反而看不顺眼。一到了持家这点上，女人可都是小心眼的。我总觉得，还能用的东西都应该留下来，老爷总是嫌弃我这样，还训斥我。和老爷吵架可是家常便饭了。刚才老爷还一脸不乐意地说，等我走了，家里肯定能整齐不少，”阿婆笑着说道，“但他是个心地善良的人，总说我可怜，一直留我在这个家里，都这么多年了。其实我也是个挺不幸的人。”

阿婆有个儿子，但因为种种原因，她不能陪在儿子身边。她五十六岁那年，来这边投靠一个侄女，这才来青木先生家做活的。但去年冬天开始，她儿子就不停地催她回家，后来还特意使唤人来叫她回去。其中有些不能言明的原因，而她还得照顾儿子的面子，这才决定回乡。阿婆含含糊糊地说了些家事。

“久美，你生长在本地，这是最好不过的。乡下什么都那么麻烦，真是累人。”

“但我连个像样的家都没有，活着也是孤身一人，生活很是孤独无助。”久美看着自己的指甲，拉回有些走神的思绪说道。

“但你将来可以有自己的家啊。看你这么年轻能干，什么事情都能干得这么漂亮，能照顾好自己。”阿婆有些羡慕地盯着久美的发型。

两人一直坐到快十点钟。阿婆记好当天的账后，戴上眼镜，翻起了一本从租书店租来的有些年头的小说。

久美从行李里拿出一卷毛线，开始聚精会神地织一个小背包。青木先生的弟弟百无聊赖地从楼上下来，四处转了一会儿，又回去了二楼。

“洗吉啊，是个容易害羞的孩子。您在这里，他觉得有些不好意思呢。他一觉得没意思，就喜欢来这儿待着。”

那之后，阿婆又说了好多，但关于夫人的事情，却只字未提。

“久美啊，老爷今晚估计不到末班车时候是不会回来了，你先去睡吧。今天你也累坏了吧？”

“不，我最近都习惯了，晚上多晚睡都没关系的。在平河夫人店里的时候，有时候客人要待到两点多呢。”

久美帮着阿婆把客厅的椅子和桌子搬开，给青木先生铺好了铺盖。

七

第二天早晨，久美一个人在四叠半的起居室醒过来。阿婆不知何时已经起床，从隔壁铺地板的房间传来了有些沉闷的水声。

久美打开栅栏门，整齐地系上了白天正装的衣带。

门外，熹微的晨光中，灰蒙蒙的土地上，清晰地印着扫帚痕。屋后不知哪棵树上，麻雀的雏鸟像是刚刚醒来一样，聚在一起没精打采地叫着。也不知是不是因为来到这样一个没有人来人往的纯粹的家，久美就算叠起睡衣的时候，也会觉得心情和在城里有着许多不同，自己仿佛来到了一个在相当一段时间内都可以放心安顿下来的地方。久美眼前浮现出老板娘她们正挤在狭窄的房间里睡觉的样子。她还想起了阿安每天睡眼惺忪地穿过密密麻麻摆满餐桌和椅子的店面，去打开店门的样子。

少爷还安稳地睡在起居室。那两人睡的屋子还像夜里一样，窗户挡得严严实实的。

"哎呀，你再多睡一会儿也可以。我怕吵醒你，干活的时候还特意小心，不弄出声音呢。"阿婆特意去水房给久美打来了水，站在水泥地上用围裙擦着双手，说是想了一晚，无论如何都得坐今天下午的火车出发。

"我走之前，必须得跟一个人道别，为了不耽误事，这才特意早起了一会儿。"

"那想必今天您一定是有很多事情要办。只要是我能做的，您尽管吩咐就是。您赶紧准备出发吧。"

"我哪有什么需要准备的啊，要收拾的早就收拾好了，现在只要换好衣服，随时都能出发。——唉，看我这脑子。您稍等一下，我去给您打些梳头时用的热水来。”

“不不，我不用的。平时头发我都只是随便弄一下。”

“是这样啊，那就简单多了。”

久美拿梳鬓角用的小梳子蘸了些水盆里的水，对着柱子上的镜子，把头发盘了起来。阿婆打开正面的屋门说，去屋后的草地上散散步，看看外面的绿色吧。

久美轻轻推开玄关的拉门，换上自己的木屐，打开了院门。院门附近也已经打扫得干干净净，连地上铺的石砖都洒了水。久美把手伸进邮箱摸了摸，报纸还没来。对面人家夜里点的玻璃灯还亮着，只是有些发白。早班电车的鸣笛声从耳边掠过，听起来就像在临街。

久美没什么事情可做，只好求着阿婆把扫帚拿来出去打扫一下中庭，阿婆拗不过她，只好随她去了。

她经过仓库旁，看到屋后养的山羊已经睡醒了，正从羊圈里踱出来。

屋后空地上，除了山羊活动的地方，还开垦出一小片草地，一块只有两三叠榻榻米大小的绿油油的草地上，像模像样地摆着长凳和秋千。空地左边，用矮篱笆围起来大约五坪[1]的地方，两只山羊就养在里面。

篱笆里有五六棵棕榈树，树下就是羊圈。另一边，有一个长九尺、宽六尺、高四五尺的架子，两侧各搭了一张板子，可以上下。身体白白的、脖子长长的山羊，耷拉着红通通的硕大乳房，一只把脑袋在篱笆桩子上蹭来蹭去，另一只发现久美正站在那里，便走到篱笆边探出头来，一动不动地盯着久美看。

篱笆旁的田地有一半都成了花草的苗圃，黑油油的松软土地里种满了各种植物。另一半种着玉米、野毛豆，其后的栗子树翠绿的树叶之间，盛开着散发出甜美香味的黄色的栗子花。

在太阳升起前的清晨中，这一切都像刚刚从蓝色的梦中醒来一样青翠欲滴。树墙外的草地上，一缕缕晨雾已经飘到了跟前，缭绕在白色的野蔷薇花丛间。

久美穿过边门，来到这边的院子。防雨板紧闭的六叠房间外，五颜六色的花草驱散了她的睡意。手水钵[2]旁的南天竹开着白色的小花，一片片颜色鲜艳、仿佛出自能工巧匠之手的叶子下结着一张蜘蛛网，一滴滴晶莹的露水挂在上面，编织出精致的清晨的景观。

---

① 坪：土地或房屋面积单位，1坪约合3.3平方米。

② 手水钵：日本神社或庭院中用来洗手的地方。

久美好不容易扫完一半，小厅外面的防雨板缝隙中传来了丁零零的闹铃声。没过多久，就有人从里面打开了防雨板，来人是穿着睡衣的青木先生。

“早上好，您起来了。”久美凑过去，又怕吵醒其他人，小声说道。

“你睡得怎么样？”

“是，睡得很好，都起晚了呢。我来帮您开吧。”

“昨天在聚会上喝了些酒，现在眼睛一定很红吧。”

久美走进房间，轻轻地叠上了被褥，放在一边。扫过院子来到屋后，青木先生正在羊圈里给山羊挤奶。

“哎呀，原来是这样挤奶啊。”久美第一次见到，有点儿稀奇。两只山羊都拴在篱笆的桩子上。青木先生坐在一个小板凳上，双手在山羊的肚子下面，向下挤着山羊的乳房，将羊奶挤到铁桶里。挤完了一只，又去挤另一只。山羊很听话，站在那里一动不动。

“在国外，都是小女孩来干这种事情。你看，出奶挺多的吧？这可是个技术活呢，”青木先生说，“每天早晨两只山羊能挤出两升左右的羊奶，足够全家喝个够。剩下的就留着做成奶酪。久美你也要喝一些，营养比牛奶丰富多了。”

架子的角落里，堆满了从羊圈运出来的干草。两三只麻雀落在羊圈的屋檐下叫个不停。

八

早上七点的钟声响过之后，阿婆就去叫起了洗吉。洗吉睡眼蒙眬地叼着一根牙签去了厨房。听说他六月份要报考高等工业学校，现在每天去神田上学备考。学校八点上课，阿婆催着洗吉先去厨房，一边伺候他吃饭，一边给他装好午饭的便当。

久美叫醒小少爷，伺候他换完衣服，带他洗漱过后，开始打扫房间。

直到洗吉戴好学生帽，穿上裙裤，嘴里一边念叨着没睡醒、没睡醒一边走出家门去上学，久美这才帮着阿婆开始做全家人的早饭。久美把阿婆切好的面包摆在网子上，放在长火盆上烤热了，再涂上奶酪，拿到小厅的餐桌上摆好。

阿婆把山羊奶热好，倒进那个熏得漆黑的罐子里。

“好啦，这样就行了。你也快去跟他们一起坐着去，面包什么的都有你一份。”

小少爷也从客厅过来，抓着久美的袖口，叫她过去。

“你不讨厌奶酪吧？不讨厌就快去吧，吃现成的可就这一次啊！从今天的晚饭开始，不管愿不愿意，都得你来张罗了。”

“那我就只伺候少爷吃饭吧。”说完久美就带着少爷走了。

青木先生正在餐桌旁读报纸。桌上一只不大的花瓶里插着几枝新采的黄色小花。

“小少爷和姐姐挨着坐吧，好吗？”

久美从黑色的罐子里给两人倒满羊奶。

“你也快上桌来吃吧，不用管少爷，他自己会吃的。”青木先生一会儿往久美碟子里夹个面包，一会儿又给她倒些羊奶。阿婆给三人端来了半熟鸡蛋，鸡蛋盛在杯子里，每个杯子旁都放着一只小勺。

久美不好拒绝，只好和几个人一起吃了起来。

“少爷喜欢姐姐还是阿婆啊？——是喜欢阿婆吗？”青木先生问道。

“吃完了再回答，嘴里有东西的时候不能说话哦。”

“我也很喜欢姐姐啊。”

“‘也’喜欢姐姐啊。”

“阿婆和姐姐，少爷都喜欢呢。”久美一边微笑着说，一边帮少爷收拾掉在膝上的面包屑。

“久美喜欢画吗？——话说最近经常出些特别极端特别不严肃的画。——待会儿上二楼看看我的画吧。还是有那么一两张画得不错的。”

久美不知道该怎么回答，就像被人问到自己是不是一个有修养的女人一样，有些害羞。“我都不懂得欣赏呢。”久美红着脸说。

阿婆端了几碟腌菜过来。“久美别见外，多吃些啊。羊奶还有的是，正温着呢。”

早饭从头到尾，久美都有些受宠若惊。吃过早饭，阿婆开始打扫屋子。久美也绑起袖子，提起水桶去换水。

两人正忙乎着，女模特儿林小姐打扮得漂漂亮亮地来到门前。进屋后，她见到正在六叠的小厅摆开纸相扑玩得入迷的小少爷，一下子从身后蒙住了他的双眼。没过多久，林小姐就上二楼画室去了。阿婆也草草换上衣服出门去了。

“久美啊，阿婆私事出趟门，别告诉老爷。如果老爷问起来，就说我去四谷给自己买点儿东西，就这么说就行。没什么意外的话，正午之前应该能回来的。”阿婆拉着久美避开少爷，小声交代道。

“少爷，阿婆给你买好东西回来，要在家乖乖跟姐姐玩啊。”阿婆应该是想偷偷去一个不愿让青木先生知道的地方。

青木先生应该是在二楼给林小姐画画。少爷跟着阿婆一起走出格子拉门，现在正在大门前的瓦斯灯的灯柱下面玩。

久美发现少爷睡衣的腋下有些开线，于是赶紧给少爷补好，但房间里几乎都已经收拾得井井有条，最后还是没什么事情可做，只好在六叠的小厅里打开报纸浏览起来。家里十分安静，仿佛是自己一个人在家看家一样。窗外郁郁葱葱的植物在榻榻米上投下略带着绿色的影子，客厅里座钟数秒的声音听起来格外明显。

久美浏览着报纸上的照片，又看了看今天的九星运势，忽然想起了些什么，急忙叠起报纸，跑去餐厅的柜橱前，摘下青木先生有些脏了的枕套，拿去水井边洗。

“少爷再等等啊，我这就洗完了。怎么不玩今天早晨那个纸相扑了？”小少爷穿着厨房那双又旧又大的木屐，有些无趣地跑到满手肥皂沫的久美身边。“你快去那边看看山羊吧。你看它们两个都跑到架子上玩去了，多有意思。”

久美把洗好的东西挂到秋千旁边的晾衣架上，带着少爷回到屋里，刚好赶上蔬菜店的人上门来卖菜。久美也不知道该买些什么好，只好打发走了卖菜的。听他说店面就在这附近不远，要买的话过会儿再去买也不迟。

听到一个走街串巷做广告的人敲锣打鼓地走了过来，久美还牵着少爷的手出门去看了一眼。

回家之后，她一边陪少爷玩，一边拿出昨晚的毛线活儿继续织了起来。少爷仰面躺在榻榻米上滚来滚去，又把脚举起来靠在墙上，手里拿着尺子在榻榻米上扫来扫去。

不知不觉过了上午十一点，模特儿完成了今天的任务回家去了。肉铺的人送来了肉馅。

少爷一个人沿着楼梯跑上跑下，没一会儿就玩腻了，耍赖跟久美要吃的。久美打开碗橱，瓶瓶罐罐挨个找了一遍。早饭吃得早，估计少爷已经饿了，但阿婆还是没有要回来的样子。

久美从刚才就不停地看表，还差五分钟就十二点了。她看到架子上还有些马铃薯，就想要不然不等阿婆，弄弄马铃薯，配上刚才送来的牛肉炖一下，先吃午饭。青木先生也无聊地从二楼下来了。

当久美开始收拾午饭餐具的时候，阿婆终于匆匆忙忙回来了。“午饭发愁了吧？真是不好意思，看我一说话就忘了时间。——碗筷你放那里吧，我来收拾。”阿婆一边说着，一边满脸大汗地解开衣带。

“其实，我是背着老爷去夫人那里道个别。她之前对我特别照顾。”阿婆像是心里藏不住话，小声对久美说着，从壁橱里拿出一件日常穿的衣服。“不然就这样出去得了，马上就要开车了。”她一边说着，一边用手巾抹了一把脸。

青木先生带着小少爷去了后院。

“老爷说什么了吗？”

“没什么，老爷只问您去哪儿了，其他没说什么。不过他说，听您说今天要走，也不知道您是怎么打算的。——您一定要坐五点的火车走吗？”久美擦干了双手上的水，来到阿婆身边。

阿婆还问起了上午她出门这段时间小少爷怎么样。"上午啊，我和夫人谈了好久少爷的事情。说小少爷的时候，夫人一直哭个不停，从头哭到尾。夫人觉得如果能想想办法让孩子归自己抚养就好了。但毕竟少爷是青木家的继承人，这个愿望是不可能实现的。——这个事情真没办，"阿婆说着，拿出一个外出买来的小盒子，"还有，我今天去找夫人这件事，也别告诉平河老板娘，万一她说给青木先生听，也不是太好。"

"好的，我什么都不会说，您就放心吧。"虽然久美并不知道整件事情的来龙去脉，但还是答应了下来。

阿婆打开报纸包，从里面拿出一件给小少爷穿的平织料子的单衣和一件真冈棉布料子的浴衣。两件衣服做得针脚细密、漂漂亮亮。阿婆说，前些日子写信给夫人说要前去告别，这些都是夫人偷偷做好交给她的。阿婆让久美悄悄放进少爷的藤条衣箱里，像早就有的衣服一样，给少爷穿上。

"你一定奇怪这间宅子里为什么一个衣柜都没有。"阿婆哧哧一笑问道。

"是这样吗？但是我觉得衣箱也挺方便的。"

"才不是呢。是青木先生把夫人陪嫁的东西全都退了回去。——我先前跟老爷说过，哪怕不是高级货，怎么也要买一个木头衣柜才好。藤条衣箱拿来拿去的，总是没个样子，而且和服什么的都会变形，多不好啊。”阿婆站在四叠房间的壁橱前说。

“快听，少爷是不是在说话？”

“这样啊，那还是我去叫他过来吧。之前完全没跟少爷说过我要回家这件事，不过既然都要走了，还是去跟少爷说一下吧。”阿婆说完，拿出了装着少爷衣服的藤条箱。

四点刚过没一会儿，车就来了。阿婆眼泪汪汪地把行李装上车。小少爷不停问，阿婆要去哪儿，阿婆要去哪儿？刚才青木先生跟小少爷说，阿婆要去一个很远很远的地方，但看起来小少爷知道青木先生在哄他。

青木先生和洗吉送阿婆去车站，久美带着小少爷将一行人送到门口。“快跟姐姐到这边来，跟阿婆道个别。别往那边跑，多危险啊！”久美赶紧拉开正在拿汽车后备厢盖当镜子照的小少爷。

阿婆两眼噙着眼泪，不停地回头张望。

九

久美去四叠的房间拿些东西，却发现之前一直忘记撕柱子上的日历，日历上的日期还停留在一段时间前，便一口气撕下来一沓。那天之后久美开始了一个人持家的日子。

久美默默地干着力所能及的活儿。实在忙不过来的时候，洗吉会帮忙出门办事，青木先生也会帮着在二楼掸掸灰，实在是帮了大忙。买东西，也大多都有人送到门前，免除了久美外出一一购买的麻烦。肥皂、火柴、头绳一类的东西，也会有人满街兜售。而且，家里人几乎都愿意忍受久美做得不妥的地方，所以并没有遇到先前预想的那些麻烦，总的来说还算顺利。

唯有一点，她以前没怎么学过做饭，炖菜的火候把握不好，每天搭配饭菜必须十分小心。

“久等了。哎呀，都到来电的时间了，看我真是笨手笨脚的……”久美满头大汗，长长的袖口叼在嘴里，将一个个盛得不甚美观的碗盘摆上餐桌。“火候和味道如何，还能吃吧？”她别别扭扭地坐在旁边问道。

前天平河老板娘来看望久美。久美本想等家里消停下来，就带着小少爷过去玩一趟，但总是没有时间。原本想给住在青山的养母写封信，告诉她自己现在在这边做活，时至今日也没有提笔。老板娘教了久美一些煮饭的方法就回去了。

夜里，久美把小厅里的电灯压低，记好当天的账，想起老板娘白天的叮嘱，就把第二天需要做的菜都记到笔记本上。

除了不烧洗澡水、带小少爷去外面的澡堂洗澡的日子外，久美常常一天下来一分钱都不花。

“如果光想着照顾周围的人，心里总是会累的吧？你就再坚持一段时间——过段时间就习惯了。”老板娘很挂念久美。

“大家人都特别好，很照顾我，一点儿不见外，我可悠闲了。但你看我这个人这么笨……”久美觉得对不起周围的人。

“青木先生最近还来问我，能让久美在家里待到什么时候。还说得抓紧找到接替她的人，可不能耽误了久美去别的地方高就。不过他这个人啊，这方面就是个十足的慢性子，而且认识的人又少，所以我也在帮他找合适的人选，估计过不了多久就会找到的。你再坚持一段时间吧。”老板娘站在后院的玉米地边对久美说。

久美又跟老板娘说起了小少爷的事。

小少爷特别懂事，不像其他孩子那么任性，所以久美带起来一点儿都不发愁。久美过来后的头两三天，小少爷有时候玩腻了，还会落寞地过来问阿婆怎么还不回来，一个人咬着和服的袖角垂头丧气地站在那里，但大概习惯了和久美两个人相处，没过多久，他就会自己开心地出去玩了。

有一次久美出去叫小少爷回来吃午饭，看到小少爷头戴一顶纸帽子，在对面的院子里和他们家的小姑娘站在一起，两人年纪差不多。还有一个六岁大小的孩子，可能是小姑娘的哥哥，像大将军一样带着两个人。对面人家十分讲究，从外面望去，宅子里还有西洋风格的房间。

小少爷在家时总是跟着久美，久美去哪里，小少爷就跟去哪里，久美在做事，小少爷就站在一边安静地看着。

“来，咱们出去玩吧。小少爷想要买点儿什么？——快看，买金鱼吗？还是到澡堂前面去？不过，老爷会不会生气呢？”

这是一个晴朗的上午，青木先生一个人静静地在二楼画画，久美关好门窗，撑起一把白色洋伞，牵着小少爷的手，去车站附近的商店买装饰发型用的假发。前一段时间，一直梳着的传统发型有些松了，久美索性把头发放下来，梳起了西洋发型。久美已经很久没梳西洋发型了，经过街边商店的时候，在玻璃窗里看到自己的样子，久美觉得很陌生。

久美用自己的零花钱给小少爷买了他想要的东西。晚上，少爷的枕边多了一个游着三条小金鱼的玻璃鱼缸。在电灯下，隔着玻璃，金鱼看起来大了不少。

“他睡着了？怎么样，是不是因为他，你也受了不少罪？”青木先生像是要找个人说话，从二楼下来，坐下来吸了一会儿香烟。

“阿婆走后，家里好像一下子空了似的。她虽然顶了大用，但性格实在是太顽固了，凡是有什么事情不能按她的意思办，就总是念念叨叨，一脸不高兴。”青木先生抱着膝盖倚着柱子坐在那里说着阿婆的事情，也算不上是坏话。

“我去那边把烟灰缸拿来吧？”

“不用了，我这就走。”

“没关系，随手的事。”久美拿来烟灰缸，又坐下来，也没什么可说的，只好垂下双眼，指尖不停地搓着和服边儿。

“真是安静了不少呢。”

“一个人待着，肯定很无趣吧。”

“不，我也没觉得无趣。大概我本身就是个冷清的人，反而喜欢周围安静一些。”久美映在榻榻米和墙壁上的长长的影子，随着她说话的动作，轻轻地摇动着。

“晚上电车的声音听起来近了不少。”

洗吉从外面回来了。“有久美的明信片。”

是咖啡厅的阿安寄来的明信片。背面的照片上，是一个脸上尚存稚气的儿童演员，穿着一身带家纹的正装和服，腰间佩了一大一小两把日本刀，下面用红字印着演员的名字，“市村五月狂言 力弥”什么什么的。

明信片正面用铅笔潦草地写着：“这张明信片是客人送的。记得最近来玩。老板娘也等着你呢。代我向青木先生问好。”

“阿安在明信片上写着向您问好。”久美说着，翻过背面的照片给青木先生看。

“有人过来了。”青木先生接过明信片放在桌上，朝大门口的方向侧头等待。

门铃响了。

“来了。”久美站起来走到门口，拧亮了玄关的电灯。

“青木先生在吗？”格子拉门外面传来声音。

“您是哪位？”久美一边问一边下到玄关门口。

“来，快请进。”青木先生也来到门口迎客。来客穿了一件法兰绒的单衣，手里拿着一根手杖，脸上留着胡子，个子十分高大。“我看二楼的灯还亮着，觉得时间应该还不算太晚。没有打扰到你吧。”

“没有，都是家里人。我刚下楼，正好闲着没事。”两人一边说着，一边并排上二楼去了。

久美拿着客人用的坐垫上到二楼，青木先生来到楼梯口接过坐垫。“受累把橱柜里的葡萄酒拿来，顺便再拿两个小玻璃杯过来。”

久美把青木先生要的东西放在银色的托盘上，小心翼翼地端了上来。扁扁的瓶子里剩下的葡萄酒并不是很多。

客人横躺在榻榻米上看着青木先生的书，看到久美端着盘子来到房间门口鞠躬致意，急忙起身坐好。拉门旁边的书架边，有一个白色的高脚花瓶，里面插了很大一束虞美人花，在电灯下面显得愈发嫣红。

久美没多停留就下了楼，连客人的长相都没看清。客人那顶窄檐软帽掉在了楼梯口，久美拾起帽子，挂在衣帽钩上。

洗吉坐在那间六叠大的屋子的桌前，正用纸擦着墨水瓶口挂着的墨水。

“您是要学习了吗？”久美把洗吉挂在衣挂上的裙裤取下来叠好。

“今晚走得有些远，累得不行。”洗吉答道。

“去哪儿了？”

“从这边绕过去，一直走到那边的电影院门口。今天是那边的神诞日，好多小店都摆摊了。”

“是这样啊。这附近哪里都有些什么，我一点儿都不清楚。”

“对了，刚才的明信片能给我看看吗？”

“我这就去拿。”久美站起身，把明信片拿来。

洗吉朝久美那边转了转身子，从跪坐换成了盘腿问道：“这个演员有名吗？”

“我也不是很清楚，演艺什么的我一点儿都不知道，不过看这孩子还真是可爱啊。”

久美坐在远处，一只手撑在榻榻米上问道："老家那边还有别的兄弟吗？"

"还有一个弟弟，是个皮小子，让妈妈头疼得很。"

"一家兄弟三个都是男孩，可真是太好了。"

"不过其中两个还不知道前途如何呢。"

洗吉把明信片卷成一个圆筒，像望远镜一样放在眼前环顾四周。久美坐在那里，用手指甲拨弄着掉落在地上的线头，和洗吉闲聊着。

十

收到阿安明信片后的第三天，久美和青木先生打过招呼，早早吃过午饭，就带着小少爷来到了咖啡厅。

其实也并非有什么事，但不去上一趟，就总感觉心里有些别扭。正好也可以顺便从放在老板娘那里的衣服箱里取些东西过来。

"看看你，没多久就变这么时髦了。我们每天都谈起你呢。——老板娘现在去澡堂了。估计过一会儿就能回来。"阿安和另一个女佣正擦着店里的围墙板。

"之前想去上一趟都不容易吧？毕竟店里只有你一个人。——你趁现在快去整理一下吧。"

"不用，已经完事了。你看干净多了吧？刚才我把所有抽屉的把手都擦得干干净净了。”

小少爷大概是渴了，说想要喝水。

“少爷你等等啊。——帽子上的扣子掉了？——姐姐这就给你钉好。真不好意思。”久美一边说着，一边拿着杯子上楼去取白砂糖。“少爷在家也总喝水。他习惯之后，好像也没什么事情。”久美一边和阿安说着一边从桌上的水壶里倒了半杯水。

“来这里的路上，已经有冷饮店开门了。”

“是啊，很早以前就开了吧。”另一个女佣站在镜子前，把干过活儿之后的脏手洗干净。久美垫着手绢轻轻撑着椅子背，和阿安说着她那边的情况。

没过多久，就见老板娘提着包着手巾的肥皂盒，带着小儿子从澡堂回来了。

“哎呀，久男少爷穿着鞋子呢，还背着一个这么漂亮的背包。——是吗？是姐姐给你缝的啊。”老板娘和小少爷熟识了，一见面就兴高采烈地跟小少爷搭话。

“来，快进来吧。今天时间多得很，可以玩到傍晚对吧。”阿安一边陪着小少爷和自己的孩子三郎一边干活。老板娘问起了那次见面之后的事情。

“上次请那个模特儿来画的两幅画已经完成了。前天起，她就再没过来了。”当谈到青木先生的工作时，久美说道。

“之前有一个四十多岁，住在后边一条街的离婚女人，说是特别想去青木先生家做事。”老板娘一边说着，一边梳好鬓角，收拾完化妆台，又把手巾挂到外面的晾衣竿上。

“她是跟后面那条街的房主说的。但据阿安说，她经常跑到那边说些有的没的。这种女人哪能靠得住呢？——这要找人可真是不好找，随便找个人来可照顾不好青木先生一家。之前我还去过另一家，感觉还行。”

“老板娘您不用替我操心，我来这里之前刚吃过饭的。”

“我这里也没什么高级的。你看看水壶的水烧开了没有。之前有人给了我一些能冲泡的汁粉。然后再做些什么给小少爷吃呢？”老板娘还说，得赶紧想办法找到能接替久美的人选。“毕竟是别人家的事情，我一直没跟你说。阿婆有没有跟你说青木先生夫人的事？”老板娘接着话茬说道。

“不，没怎么提到夫人……不过，我听阿婆说，夫人心里一直特别挂念小少爷。”

阿婆先前背着青木先生去见夫人，还给少爷拿了两件衣服回来。这些事情阿婆不让久美说出去，久美也打算先藏在心里，但感觉好像是在欺骗老板娘，心里有些过意不去。

“我觉得好像只要涉及夫人，阿婆就什么都不跟青木先生提。”久美好像是在替自己开脱一样对老板娘说。

“那个阿婆也不是太好，她好像经常背着青木先生去见夫人。所以在这点上，阿婆回家青木先生反倒有些高兴。——不把原委跟你讲，恐怕你也没法理解，”老板娘说着，又往火盆里加了些炭，“现在最可怜的，就要算青木先生了。”

没多久，三郎似乎在店里玩腻了，一脸无趣地跑到她们俩的房间。小少爷也朝这边望着，似乎也想跟过来。

“都三点多了，我差不多该走了。明子小姐明天还从学校回来吗？——少爷，再等一下，我们这就回去。”说完，久美又听老板娘讲了半个多小时青木先生家里的事，这才匆匆告别。

老板娘说电车往返要将近四十分钟，来一趟不容易，劝久美还是多玩一会儿。久美说少爷下了电车走得慢，而且家里还有好多家务也挂心。来的时候背着小少爷走了一会儿，少爷不轻，也累得很。

“那就不多挽留了。时间过得真快，下次记得上午来啊。让青木先生一个人在家待一会儿也没什么的。告诉他中午去吃个荞麦面就可以。”老板娘把久美送到门口说道。久美答应重新缝一件日常穿的浴衣给她寄过来，接着从衣柜里自己的衣箱中找出一条不怎么好的衣带面料一起包在包袱里。还拎着老板娘送的一包点心。

“下次有什么有趣的事就给你写信，记得一定回信啊。”抹了一脸厚厚白粉的阿安露出一口染黑了的牙。

久美告辞了老板娘，走了一会儿，来到一条繁华的街道，买了厨房用的胡椒和自己白粉下面涂的乳霜，还有缝衣针、绢丝之类的物件，又往前走了一段，搭了一班不用换乘的电车。她还给小少爷买了一只系着白丝线的气球。

在山手线的车站等车时，久美心中不断回想刚才从老板娘那里听来的青木先生家的往事，仿佛是自己的事情一样，感觉有些凄凉。

十一

老板娘说得并不是太细，但久美听出来，青木先生和夫人之间发生了好多剪不断理还乱的事情。

在发展到如今这个地步之前，夫人曾和青木先生分开过一段时间。据老板娘讲，两人之间虽然有过一些误会，但至少从青木先生的角度来说，夫人是一个感情很鲜明的人，青木先生看不惯她的任性苛刻。

青木先生很随和，所以在大多数事情上都能尊重夫人的意思，但夫人过日子大手大脚这一点他怎么也看不惯。夫人从小到大习惯了奢侈的生活，婚后总在一些不必要的地方强撑面子，做了很多浪费的事情。

刚开始，她还经常从自家拿钱来偷偷替青木先生装点门面。像这样为了青木先生她自己忍受委屈是不争的事实，但这不是长久之计。青木先生干的这个工作收入很不稳定，夫人刚嫁过来的那段时间，有时月末还会把自己的东西拿去当掉贴补家用。

在这一点上，哪怕是从不说夫人好话的老板娘，也对照起自己曾经的经历，同情起夫人来了。

刚在一起的那段时间，两人过得也算是相安无事。但是，阿婆时常看到夫人动不动就一个人跑到没人的地方，站在那里偷偷哭泣，也不知怎么回事。他们一月结婚，刚到十二月，青木先生就漂洋过海去留学了。他出发的时候，夫人的肚子里已经怀上了现在的小少爷。

夫人可是正经的女子学校毕业，曾经用笔名写过作品，青木先生出国留学不在家的这段时间——大概是因为寂寞难耐——还曾经发表过一些短篇。但是要想作为文学家得到社会的承认需要多久你也知道。所以说到底，夫人只是通过心爱的写作寻求一些安慰罢了。

而青木先生却怎么也看不惯一个女人舞文弄墨的，总在那边说些不中听的话。夫人原本以为青木先生不知道她在写东西，所以自从被青木先生说了很多闲话之后，便不再写了。

听说青木先生对平河老板娘说，自从自己出国留学之后，夫人对自己就变得特别冷漠，很是怪异。他所说的，大概是夫人写给他的信。他来这边之前就或多或少提到过，那个女人还不了解自己。青木先生曾经十分消沉地说，自己面对妻子时不时会有一种和陌生人同处一室的疏远感，是不是女人对他都这么冷漠呢。

青木先生从很久之前就对老板娘无话不说。有些事情本应该和夫人商量，但他却背着夫人来找老板娘说。青木先生这样写信给老板娘，老板娘也只能在回信中写一些温暖的话，算是间接给他安慰。

两年后，青木先生从国外回来的时候，刚好赶上夫人身体欠佳，瘦骨嶙峋、面无血色地躺在床上。小少爷身体也弱得很。青木先生就这样回到了那个阴郁的家。

没过多久，夫人还是住进了医院。听说好像是做了开胸还是哪儿的手术，总算是治好身体出了院，但自那以后却不知怎么就变得歇斯底里起来，就像换了个人一样。

那段时间，有一次青木先生忽然来找老板娘，说怀疑那个女人是不是在自己出国这段时间有了别的男人。这一旦起了疑心，就仿佛处处都变得可疑起来。至少觉得她好像经常有些事情在瞒着自己，然后又罗列出一些事实。虽然要说可疑也的确可疑，但仅凭这些事情，根本无法断定夫人有什么过错。不过，光是夫人每天死气沉沉地在家里四处游荡这一点就足够让青木先生心烦的了，如果再加上这些可疑的事情，青木先生心生不快也就不难理解了。

而且夫人不对的地方，是完全不跟青木先生把话讲明。比如刚出院的那段时间，有一次夫人半夜偷偷起来，把一些信件放到火盆里烧。不巧的是，被隔壁房间的青木先生看了个一清二楚。然而当青木先生事后问起那些信是怎么回事，夫人却守口如瓶，怎么也不肯说。最后甩下一句谁爱给我写信你管不着，就一个人哭个不停。

青木先生出国那段时间，夫人经常带着小少爷回娘家住。这本是再正常不过的事情，但夫人却总想办法瞒着青木先生，所以两人的关系才会越变越僵。在夫人住院的这段时间，有人穿着斗篷遮住面容去探望夫人，还坐在病床前的椅子上。夫人一口咬定这个人就是自己的父亲。这件事情也让青木先生甚为恼火。因为护士说的和夫人说的简直南辕北辙，完全对不上号。

青木先生在遇到这些事情之前，并没有只因为心中怀疑就对夫人恶语相加，而是对老板娘偷偷吐露了心中的疑念。

如此种种，使得青木先生不再像出国前那样信赖夫人了。

也说不上是不是因为这个，夫人的病情每况愈下，后来竟然经常做出一些怪事，比如傍晚光着脚摇摇晃晃地就出了屋，披头散发失魂落魄地坐在后院树下的地上，或者半夜忽然说有一只巨大的蝙蝠要吃掉自己，在家里四处奔逃。再后来，就要求青木先生放自己回娘家，还哭个不停。

青木先生终于允许夫人回娘家静养。夫人回去了两个多月，稍微有些好转，恢复了一些平时的样子。

“夫人后来曾经回过一次青木先生家，但还是过不下去……要细说，必定是发生了很多说不清道不明的事情。——但是这些事，无论是对青木先生还是对外人，你都要装作不知道才行。毕竟，这是人家家里的事情。”

老板娘说到这里，阿安走了过来。后来的事情，老板娘也含糊其词。但听她前前后后的讲述，应该是在青木先生留洋这段时间里，夫人做了什么错事，最后也许会选择离婚。

久美垂眼听完抬起头，只是看了一眼老板娘的脸色，就知道自己再不能刨根问底了。

就算老板娘说的都是真的，自己也完全捉摸不透夫人究竟是怎样一个人。她想，一个出身高贵、初为人妻的女人，怎能做出如此不明不白的事情。久美甚至怀疑自己是不是误会了青木夫人。但她把自己摆在青木先生的位置上想了一下，心中又禁不住有些同情起他了。

老板娘说，青木先生不怎么疼爱小少爷。久美想起阿婆之前也曾经说过同样的话，应该是确有其事，她觉得小少爷可怜得很。

一无所知的小少爷把气球下面的丝线系在候车室长椅边上打发时间。快车终于来了。

“要好好拿着，可别弄丢了啊。”少爷看久美手里攥着车票，吵着要自己拿，久美教他要拿好。久美从长椅上拿起装着刚买的东西的包袱挂在手腕上，双手抱起小少爷，心神不宁地上了电车。

小少爷站在座位上，无精打采地抠着窗框。对于家里的一切都一无所知的小少爷也不闹着找妈妈了，阿婆走了之后，他当久美是亲人一样从早晨跟到晚上。

久美把小少爷抱过来对他说：“少爷要坐好，别动啊，咱们马上就到了。今天玩了这么久，是不是累了啊？”久美看到小少爷睫毛长长的，充满寂寞的双眸中映着缩小了的自己，心里更加疼爱他。

久美牵着摇摇晃晃的小少爷回到家门口。傍晚的太阳将要下山，家被埋入沉沉的暮色之中。

洗吉不在家，青木先生应该一个人在二楼。也不知道是不是不知不觉体察到因为夫人而受了不少委屈的青木先生的心境，同样是这个时间走进家里，但今天久美就是觉得自己走进了一片阴郁之中。

“少爷，快去跟爸爸道一声回来了。说姐姐给买好玩的东西了。”久美把自己的木屐收到鞋柜里，跟着小少爷上了二楼。

青木先生一个人在家整理了壁橱，二楼的楼梯口堆了一些垃圾和不要的杂志。前天在花瓶里看到的虞美人已经凋零一地，垃圾中掺了不少红色的花瓣。

画室俨然变了样，四处散落的杂物归置得井井有条。青木先生躺在那里吸烟，面无表情，像是沉浸在思考之中。

青木先生对儿子说：“缠着姐姐给你买东西了吗？”

“抱歉回来晚了。老板娘让我向你问好。”久美跪坐在地上说。

十二

也不知道是不是因为听说了这个家曾经发生过的事，久美隐约觉得自己来到这个家是为了照顾一些非常寂寞的人。

刚刚青木先生领着小少爷去澡堂洗澡。太阳已经落山了，天空黑压压的，像是要下雨。久美几乎能想象到青木先生究竟是怎样的心情，板着脸牵着闷闷不乐的小少爷走在回来的路上。一时间连自己都悲伤起来。

听到大门打开的声音，久美走到一楼楼梯口，拧亮电灯，等在那里。

“您回来了。”久美说着接过青木先生递过来的毛巾和肥皂。

“这把梳子，上次果然忘在了澡堂。”青木先生说完，就走到一边梳起了头发。小少爷一言不发地抓住久美的袖角，一步不离地跟着久美。

晚上，其他人都关灯睡觉后，久美一个人坐在小厅的电灯下，帮老板娘做针线的收尾活儿。当她停下手里的活计，把棉线卷回线轴，打算睡觉时，忽然又想起白天老板娘说的事，夫人说大蝙蝠要吃掉自己，满屋逃窜，不由得愣了神。

小少爷喜欢钻到久美身边睡觉。所以，久美被褥边传来年幼孩子的呼吸声，那旁边就摆着久美的枕头和睡衣。

久美把电灯拧暗，钻进被窝，给把腿蹬出被子的小少爷掖了掖被子，这才闭上眼睛。但刚刚自己胡思乱想的那些关于这家人的事情，仿佛不再是别人的，而是自己将来不得不面对的问题。一想到这里，久美就辗转难眠。

久美想，今后自己会怎样呢？她心中没底，合不上眼。她又想到了养母。虽然之前写信告诉过她自己来这里的原委，但后来听说养母去问平河老板娘，久美总是这样不务正业，究竟是怎么打算的。所以自从那次写信以来，心总是悬在半空，没个着落。

自己漂泊不定，又举目无亲，久美觉得人生十分惨淡。之前还在山手做事的时候，夜里想起这些，她时常一个人躲在被窝里哭泣。她从自己小时候一直回想到今天，发现自己泪窝不知怎的变得这么浅。想到最后，就连自己生为女儿身都觉得老天不公。

第二天早晨，久美睁开眼睛，发现小少爷早已醒来，躲在被中，枕着久美的胳膊，听着外面麻雀的叽喳声，一个人嘟嘟囔囔地自言自语着什么。她忽然发现，自己和小少爷早已不是陌生人了。久美心中生出一丝难舍之情，与其不久之后去不知秉性的陌生人家干活，还不如求青木先生今后把自己留在这个家里。

久美肯来这个家干活，青木先生很高兴。久美觉得这个活计做起来也有些成就感。

久美处处小心，尽心尽力为这个家操劳，就算家里人口不多，也是一个完整的家，需要做的事情多如牛毛，常常忙活得一整天都停不下手来。晚上闲的时候，她就一件一件地拆开青木先生的衣服，替他重新缝。虽然自己的针线活技术还没到什么都会缝的地步，但就连久美也能看出来，阿婆给青木先生缝的衣服有好多别扭的地方。青木先生什么也不说，就这么穿着这些别扭的衣服，久美于心不忍。

白天久美把那些带着污渍就装进衣箱的衣服一件件洗

干净，整整齐齐地叠好，放进壁橱中层。遇到天气晴朗的日子，还会给衣服刷上浆，在木板上展平。

“久美，你看到少爷去哪儿了吗？”久美正在后院把晾好的衣服从木板上揭下来，青木先生悠闲地踱了出来。

“我刚想着收好衣服就去给您泡一壶红茶拿上去呢。小少爷跟着洗吉去车站那边了。”

“他们干什么去了？”

“小少爷中午就一直吵着要坐电车。”

“洗吉马上就考试了，现在还四处玩，不要紧吗？”

“洗吉没少学习呢。”

青木先生朝花圃走过去，在含苞待放的花蕾上捉了几只虫子，又朝前院走了过去。

久美坐在地上铺着的席子上，拾掇着刚收下来的衣服，心想，准备晚饭之前的这段时间也干不了什么，就挽着袖子站在储物间的背阴里，梳了梳鬓角的头发，休息了会儿。

久美自从来到青木先生家，只要静静地站着，面朝柔和的绿叶，就会觉得眼前的绿色像是会吸收人的感情一般，那种清爽里蕴含着言语无法形容的哀愁，让人心中升起一股对于无常世事的怅惘。久美的脑海里不由得一幕幕地闪过儿时的回忆。

斜阳在后院那一小块田地对面的栗子树上，静静地点起一盏盏黄色的灯光。久美出神地望着树叶上或深或浅的斑驳阴影，参错层叠在一起的树影很重，看起来就像一片非常厚重的树叶一样。栗子树下，无论是树冠周围还是树旁的田地里，都落满了淡黄色的栗子花。下面一层已经沾满泥土、近乎腐烂的落花上，每天都会盖上一层新落下来的花。

山羊圈里也落了一些栗子花。两只山羊趴在棕榈树旁，白色的后背撒满夕阳。

“久美。”青木先生叫了久美一声。

“是。”久美答应着，一边环视四周寻找青木先生的身影，一边朝声音的方向走去。

“在这儿呢，你来这边看看。”青木先生站在水井旁茂盛的树墙外面，朝院子里张望着。

“哎呀，差点儿没找到您在哪儿。”

“你接一下，就在这儿。”青木先生从树墙外面伸手过来，拳头里像是攥着些什么东西似的。

“您手里是什么？”

“能吃的。小心别掉了。”

“哎呀，这不是桑葚吗？”久美惊道。

“汁液都黏在手上了吧。我这里还有好些呢。”

“您先等等，我去找个盘子什么的……”

久美两手捧着黑紫色的、熟透的桑葚，急忙向厨房跑去。

她随便找了一只箩筐，把手里的桑葚放进去，又回到树墙边。

“哎呀，你拿了个这么大的家伙什来啊。树不大，没那么多的。”说完，青木先生又递来一把桑葚。

“我这边什么都看不到。您在哪儿呢？”

“你往这边看一下。——看到了吗？树上还有好多红色的呢。这些红色的还没熟透。”

“红色的还有很多呢。真是漂亮啊。——那边还有好多白花。”

“那些是野蔷薇。——野蔷薇到秋天会结出和南天竹一样的红色果实，非常可爱。”

这边平时大概从没有人过来，所以草长得老高。

“这边就是隔壁人家的院子了。”青木先生说。

相隔不到三尺远，就能看到隔壁人家仓库黑色的院墙。院墙下面，有两三片很大的白色贝壳半埋在土里。看样子，从旁边的草地应该能走到那边，草地里长了很多款冬。

“青木先生，您衣服上沾了好些杂草的种子呢。”

“我头顶还挂了好多蜘蛛网呢。还是出来吧。——那些红色的也摘一些吧。刚才我从对面就看到了，所以才想着进来看看。”青木先生像自言自语一样说着，拉过一根桑树枝，摘了些红色的果实。隔着树墙可以看到，对面有一棵桑树孤零零地立在那里。

青木先生刚才大概把桑葚放在了地上，果实里掺杂着一些腐烂的草叶。久美蹲在树根，从地上放着的箩筐里一一挑拣出草叶。她的指尖被桑葚的果汁染成了紫色。久美觉得自己已经好久没见过桑葚了。

久美把桑葚连着箩筐一起拿到厨房洗净，又取出一个西洋式的盘子，把洗好的桑葚装在里面。这时特意踩着草地从狭窄的树墙里钻出去，绕了一圈，从大门回来的青木先生才到家。

“久美，你把桑葚拿到二楼，咱们一起吃吧。”青木先生把头探到厨房里，像对孩子说话一样一脸认真地说道。

“您是说现在吗？”久美微笑着，用厨巾拭去盘子边缘的水滴。

“可甜啦。”青木先生边说边进了家门，从久美端着的盘子里拿了一粒桑葚放进嘴里。

十三

肉铺的人送来了牛肉馅，久美把肉馅收进柜橱，又把桑葚盛在盘子里，摆上小勺，放在托盘上，拿到了二楼。

青木先生背对着房门，坐在一张桌子前。桌上盖着一幅红黑色布料缝起来的桌旗，桌旗上有一块大理石板，大概有桌旗的一半那么大，上面放了好多瓷器。久美不由得看得入了神。

“我把桑葚端来了。”久美回过神来，解开系着和服袖子的布带，又顺手解下围裙，把托盘放在桌子上。

“不好意思，能麻烦你泡一杯红茶来吗？连你的一起。——傍晚之前你都没事了吧？”青木先生问道，“没事的话，就在这里说说话吧。”青木先生好像感觉一个人有些无聊。

久美下楼，点着瓦斯炉，把烧水壶坐在炉子上，又去后院把席子收起来，把浆过的衣服也收回屋里。

久美本想等着水烧开去沏茶，但干了一天活，衣服妆容也有些散乱，现在身上这件衣服已经穿过一段时间，多少有些脏了。想到要去二楼坐着说话，还是去换一件衣服比较好。

久美从衣箱拿出上次去老板娘那里穿的那件法兰绒衣服。这件衣服，久美很久之前就想穿上一次了。她系好衣带，去浴室对着镜子看了看后背的样子。

“哎呀，还特意换了身衣服来。”青木先生一边吃着桑葚一边等着，看到久美过来说道。

“刚刚的样子实在是有些不太礼貌。”久美红着脸坐下。

“咦？你就泡了一个人的茶吗？”

“我吃些桑葚就足够了。”

青木先生喝着红茶，久美用小勺盛了一两个桑葚吃了。

“虽然算不上什么美味的东西，但采些天然的果实，边吃边聊也挺好的。”青木先生也吃了几个桑葚。

“好久没这样吃过东西了。”久美拿出手帕，擦了擦指尖。大白天换上一套正式的衣服，又顺便淡淡地抹了一层白粉，心中多少有些害羞。

“甜吗？”

“是的，可好吃了。小时候，我和继母住在芝的郊外时，住家附近好像有一个神社还是什么的地方。记得那时经常有两三个人在屋后找桑葚来吃。——话说，要是小少爷他们能早点儿回来的话，咱们就能四个人一起吃了。”

“没关系，他们偶尔不在家也挺好的。小孩子总是来回折腾不停，都不知道什么叫安静，闹得没个消停。”青木先生说道。

“记得小时候，吃过桑葚之后要互相看舌头。——你看舌头是不是变黑了？”青木先生把话题牵回去，悠闲地伸开双腿，喝着红茶。

“再给您倒一杯吧？”

“这次不要白糖了，只加些山羊奶吧。只加奶的话应该更配果实的味道，而且还是咱们自己挤的奶。”

“今天奶壶里应该还剩半壶羊奶。”

久美下楼把奶壶拿来。

青木先生半躺在那里，一边出神地看着久美把羊奶倒进红茶，一边问久美是不是来到这边之后瘦了。

“我来这里都没什么事情可做，应该是胖了才对。——我这个人，本来就是不长肉的。”久美垂下目光，拉了拉前襟，有些尴尬地坐下来。

“你一个人应该很忙才对吧？”

“没有这回事。我干得不好，光惹您不高兴了。”

“怎么会不高兴呢。把这么多事情都丢给你一个人做，我有时反而觉得对不住你呢。”

“不不——这些事情都是按照我自己的意思在做，一点都不累，我一个人做反倒会更轻松。”

“是这样吗？”

“女人啊，家里人一多，就总会为一些无所谓的事情操心。”久美抬起戴着镶翡翠的金戒指的手，拢了拢后耳根的头发，含蓄地说。

“不吃了吗？”青木先生沉思了一会儿，边问久美边喝了一口羊奶。

“我已经吃了很多了，剩下的留给小少爷吃吧。”

“不用，剩下的发红的，我吃了特别酸。”

“您要把它们放起来吗？”久美把手伸进和服的袖袋里

想要找些什么。

“不用了。回来吃些甜的，也没什么差别，”青木先生笑着说，“你真像个孩子。”

“是啊。”久美笑着说。

青木先生点上一支卷烟，欲言又止。“久美，你愿不愿意一直在我家呢？”虽然青木先生说得好像是忽然想起来一样，但久美觉得这其实是他心里憋了很久的话。

“出嫁之前在这里，好吗？”青木先生在烟灰缸里弹掉烟灰。

“谁知道什么时候能嫁人呢……”久美听到青木先生这样说，心里暗暗有些落寞，用手绢遮住嘴角，不好意思地垂下眼帘。

“不然，你去问问平河老板娘吧，就说我是这样说的，该怎么办才好。——但如果你另有想法的话，我就只好放弃了。”

“其实，我也没有什么地方可去……”久美指尖轻拂眼眶，说到一半，欲言又止，红透了脸。一直在这个家里干下去，自己也非常愿意，但一来久美不知道青木先生会怎么跟平河老板娘说，二来久美觉得这件事情从自己嘴里说出来很难为情。

“自从久美你来了之后啊，我觉得什么事情都特别顺心，生活过得十分闲适了呢。就像从昏暗的地方一下子来到阳光下一样。——所以，最近我画画都感到愉快了好多。明天我打算画一画那张桌子上摆着的东西。——你看桌上摆了好多瓷器吧，等会儿我打算找张有意思的布料挂在后面当背景，然后再找些漂亮的花插在那个花瓶里。”

青木先生说完，坐起身来，考虑着桌上器物的摆放位置。

“你坐下来，从侧面看过去，那块大理石上面是不是映着花瓶的影子，蓝色的？”

“是啊，淡淡地映着呢。”久美一只胳膊撑在地上，目不转睛地看起来。

“久男回来了吧。你听他正大声唱着歪歌呢。”

“哈哈哈，那是少爷啊。”久美发现太阳已经落下去好多，发红的日影将对面人家的房顶遮了一半。

十四

第二天，青木先生在二楼画了整整一天，说是吃东西太麻烦，只在中午下来给山羊添饲料的时候顺便喝了一杯羊奶，就又上楼了。

下午三点时分，久美担心青木先生会饿，就轻手轻脚走上去，看到青木先生就坐在纸拉门这边，一手拿着调色板，一手拿着画笔，一动不动地盯着眼前的画布出神。久美不好意思进去，就站在楼梯上问青木先生是不是要吃些东西。

“不，什么都不用。过会儿我就下去。”青木先生回答的时候，视线也片刻不离面前的画布，显然在认真琢磨。久美不想打扰他，直接下了楼，也没看清青木先生正在画怎样的画。她也不敢让小少爷四处走动，不动声色地将他留在自己身边。

洗吉仿佛觉得在家有些闷气，拿了一本摘抄的笔记去屋后的草地上，在树下来回溜达着背书。小少爷朝树墙那边看去，“叔叔，叔叔”，没事儿叫洗吉玩。久美急忙制止：“不要叫了，叔叔正在学习呢！小少爷快来这儿看看，栗子树上有一只好大的虫子啊。等会儿我们把它抓来，拴上丝线，叫它拉小车好不好？板子上也行，其他地方也行，都拉得可好啦。”久美一边哄着小少爷一边扫着地。

过了一会儿，久美正在起居室用火柴盒和线绳给小少爷做虫子拉的小车，就听到青木先生从楼上下来说：“久美，刚才不好意思，给你看看这幅画。”

“您已经画好了吗？”听起来仿佛久美自己的东西做好了似的。没过一会儿，小少爷也拿着一只拴着白线绳、长着角的黑虫子上了二楼。

画已经完成了。青木先生说，最后还是只画了一只陶罐，很小的一幅。他把陶罐放在昨天的那块大理石上，从院里摘了些红色和白色的风信子插在里面，旁边是一块颜色鲜亮，染了红色、草绿色、紫色等五种颜色的条纹绢布。绢布十分宽大，带一些轻柔的垂褶。这些都被画进一幅宽一尺、长二尺的画布上。画面里，绢布、风信子，还有青瓷色的花瓶侧映在大理石表面，像水面的倒影。

“哎呀，真漂亮。”久美心生感叹，桌面上摆的东西，在自己这种什么都不懂的人看来，根本只是些没有意义的物件而已。然而当它们跃然纸上，虽然东西还是那些东西，但那生动温润的色彩看起来远比原物吸引人。久美跪坐在那里，对着画布看得出神，空荡荡的心中隐约冒出个念头，这就是绘画的魅力吗?

“怎么样，还喜欢吗?”青木先生站在久美左边问道。

“虽然我不懂欣赏，但真的很喜欢。”

“是喜欢那块布料的颜色吗?”

“是的。——布料好看，画也好看。——下面的大理石上的倒影，简直找不到可以形容的语言。”

“嗯。”青木先生应了一声，也看过来。久美没有半句违心之言。或许因为这幅画是青木先生画的，所以看着更加喜爱。但这幅画本身的确十分优秀。“该怎么去形容呢。我看着这幅画，仿佛自己也会被画进去一样。”久美抬眼仰望着青木先生说。

“是啊。”青木先生在久美身边弯下身来，掏出烟斗，点上火，把向久美那边飘散的烟雾吹向一边，“看到这幅画的时候，你想到什么了？”

“——我也不知道。”久美怎么也没办法把自己的感受总结出来，有些尴尬地说道。

“看到这幅画，有没有感到心中充满喜悦，十分高兴呢？”青木先生微笑着，换了一个问法。

“我盯着这幅画，仿佛感到了一丝难以名状的寂寥，也许是我的错觉吧……”久美犹豫着说出了实话。

“是这样的。你看这幅画里虽然用的全是华丽的色彩，但整体氛围的基调，却是像大理石那样有些寂寞光泽的心情，对吧？可以说，这种情感是从画面里渗透出来的。——这幅画说不定是我的杰作。真是无心插柳柳成荫啊。”

“真是恭喜。”久美仿佛觉得自己也收获颇丰。

“久美你喜欢，就拿去吧。”青木先生认真地说。

“您是说这幅画吗？”久美还是以为青木先生是在拿自己找乐子。

“那咱们这就去银座，买个漂亮的画框来，把它装饰在久美的房间里吧。——啊，也不是一定要挂在你的房间，挂在四叠那个房间也好。你的行李就在那个房间里吧？”

对于青木先生的提议，久美有些不知所措。“哎呀，这么好的东西，怎么能给我这样的人……您还是好好收着吧。”久美扭捏地说。

“这幅画是给你的谢礼。”

“看您说的，您哪里需要谢我。”

“一来要感谢你和我分享了这幅画里的寂寞，二来也要感谢你为我创作出一幅新作品而高兴。”青木先生勉强笑着说，“画里或多或少有些寂寞，是因为我本就是个寂寞的人。我觉得，久美总能体会到我的心情，所以想要好好谢谢你！”

久美垂下目光，沉默着。

“我是开玩笑的，别当真。——这幅画，我只不过是想给你才画的，你就收下吧。我画的画，总是四处送人。”

“真感谢您。”久美说着，郑重地鞠了一躬。

“哈哈哈，不用这么见外。”

久美虽然想要微笑着回应青木先生，但眼角不由得湿润了。不知道为什么，她忽然觉得伤感起来。

小少爷手里牵着拖在地上的套虫子的线，来回看着两人的脸。

“我们下楼去喂山羊好不好？”青木先生仿佛有意不去看久美，转头对久男说道。

“少爷，快答应老爷啊。”久美使劲忍着才没流下眼泪。

十五

几个人像平常一样吃过晚饭，青木先生拿牙签剔着牙，摊开早上的报纸浏览起来。但没过多久，又想起要去银座买画框，说还想顺便去转几个地方，不去上一趟怎么也不罢休，竟然翻出了出门穿的衣服。

久美伺候一家人用过餐，刚刚一个人坐下来准备吃饭，赶忙放下筷子站起来，跑到站在壁橱前穿衬衫的青木先生身边。“现在出门，会不会太晚了？”说着拧亮了电灯。

“没事，两个小时不到就能回来。”青木先生穿上衬衫的重领，把平时常用的那条又黑又宽的领带在脖子前面打了个大大的结，看了一眼壁橱上层那面小镜子。

“哎呀，这边怎么有一根线头呢，开线了呀。”久美发现领带尖上有一处缝线开了，急忙用牙齿把线头咬断。

青木先生虽然有很多条各色领带，装了满满一箱，但他最为钟爱这条又宽又黑的领带，每次出门都会选它，总是像现在这样系在胸前。

“虽然换上正装非常麻烦，但我还是最喜欢穿着皮鞋走在银座那条混凝土大街上。”青木先生说着，穿上久美举着的大衣。

久美从那边长火盆的抽屉里拿出一条先前洗好的手绢。“皮鞋穿这双可以吗？”她又来到玄关前，从鞋柜里把青木先生先前出门时穿的那双黑色高勒皮鞋拿了出来。

“你回去吧，不用伺候我了。——久男是不是正在吃东西？”青木先生边系鞋带边回头看了一眼跟出来的小少爷。

“少爷，快把叔叔的剪刀放回去，咱们一起送老爷出门吧。”久美背着少爷，来到门口。“快跟老爷说再见。”

已经走到邻家门口的青木先生回过头来说：“久男要听话，好好跟着大姐姐看家。我很快就回来。”最后一句，像是跟久美说的一样。走出去四五米，他像是忽然想起来什么一样，又折回来。

“您忘记带什么东西了吗？”久美见状迎上去。

“那个……回来路上，如果有事的话，我也许会顺便去一趟平河小姐那里……但现在没想好去不去。”

“您不用在意……要是去的话，请代我向大家问好。”久美把小少爷往上背了背。对面人家的夫人正抱着那个经常和小少爷一起玩的小女孩站在院里，她梳着西洋发型，打扮得十分精致。她从刚才就一直盯着这边看个不停。久美忽然觉得有些尴尬，急忙郑重地鞠了一躬，三步并作两步回到了院里。

“你看，爸爸都走这么远了，就在那儿。”久美在院门口，又对着青木先生离去的方向目送了半天。

天眼看就黑了下来。没过一会儿，青木先生的身影就彻底不见了。久美感觉到自己对于青木先生所去的地方是那样向往。

她想起银座附近繁华的街道，发白的瓦斯灯照射着的五光十色的商品，店门口招揽客人的留声机，还有远处高楼楼顶的巨型广告牌上面蓝色、红色的灯光在漆黑的夜空中闪烁。久美背着小少爷，一边回想着这些，一边锁上院门。

久美吃过饭，不慌不忙地收拾着屋子，耳边突然传来打闹声，忙过去查看。刚刚洗吉还陪着小少爷在六叠的屋里玩得高兴，这时两人不知为什么急了眼，拿着鸡毛掸子打了起来。

“少爷，快别闹了。你看看，叔叔都哭了不是。这个家就属少爷最厉害了，厉害的人应该多担待别人不是吗？——呵呵，你们这是怎么了？”

洗吉正在那里装哭。久美看已经到了洗吉学习的时间，便把小少爷带到一边。“我们一起去关二楼的窗户好不好？姐姐最喜欢乖乖的少爷了，对不对啊？不许再像刚才那样对叔叔了。哎呀，这是怎么回事，楼梯怎么这么黑啊？”

久美把二楼那只二十瓦的灯泡拧下来，换掉了小厅里那只十瓦的灯泡。洗吉说，晚上最喜欢在这张桌子上学习。也不知道是不是错觉，他看着比前一段时间更加消瘦了，总是疲倦的样子。

“已经都复习过一遍了吗？”久美带着小少爷在他旁边站了一会儿。

“总感觉就算这样看也没什么用……你看，我复习了这么多，但说是化学只出两道题。”洗吉摩挲着教科书，看起来没什么干劲儿。

“真是太辛苦了。还剩多少天？——哎呀，这也没多少天了，还差最后努一把力了。要不要把灯再往这边挪挪？”

久美关上这边的纸拉门，来到茶间，让小少爷坐在身边，开始做针线活。小少爷一页一页地翻过画着鸡、猴子、大象之类的彩色图画书，缠着久美讲图画书里的故事。久美一边随便编着故事，一边缝着夏天日常穿戴的衣带。

“就这些？不不，再给我讲一段更长、更长的。”久美每讲完一段，少爷都求着她继续讲下去。讲来讲去，讲得久美再也编不出来了。“故事到这儿就结束了。少爷也讲个故事给姐姐听吧？上次讲的麻雀和鸽子的故事不错吧？下次把那本书也拿出来看多好。”小少爷前言不搭后语地给久美讲起了故事，久美一边笑一边假装应和。

两人玩着玩着，就听见钟表响起了八点的报时声。青木先生出去已经两个小时了。虽然说很快回来，但一去平河老板娘那里，一时半会儿是回不来的，或许会像上次一样很晚才到家。青木先生怀里抱着画框一会儿上电车、一会儿下电车的样子浮现在久美眼前。

现在看来，青木先生也没什么快乐的事，只是一个人这样生活着，久美很是同情。按青木先生的性格，他不是很擅长表达自己的想法，所以他的内心应该十分寂寞。也不知道他打算今后如何处理夫人的事情。想起这点，久美忽然感到非常不放心。

久美想着想着就又想到了自己，想起自己还在大宅子里干活，手中的衣带还是崭新的时候。她又让少爷帮忙撑着红色的棉线，绕了两个线轴。飞虫在灯罩下翩翩起舞。小少爷听厌了故事，一屁股坐在地上，把纸箱盖扯成一片一片的，看着有些困倦，一脸睡意。

“少爷等一下，姐姐这就铺床。哎呀，看看这地上乱成这样。”久美把小少爷的玩具收拾起来，扫干净榻榻米，到四叠的屋里取被褥铺盖去了。等她取来被褥，发现小少爷好像想起了什么，一个人坐在那里哭了。问他怎么了，说是想爸爸了。

“少爷别哭了，叔叔在隔壁学习呢。咱们快换上睡衣好吗？先把衣带解开吧。有姐姐陪你在一起，有什么不开心的呢？”久美越是哄，小少爷越哭得厉害。小脸蛋上闪着泪痕，哭得直打嗝。

“那姐姐背你去找爸爸好吗？来把眼泪擦干吧。别着急，爸爸马上就回来了。”久美怕打扰洗吉，背着小少爷来到门口。“少爷快看，那盏玻璃灯下面有那么多虫子呢。好多虫子啊。——爸爸估计已经在回来的路上了。上次少爷跟姐姐一块去买小木屐了对吧？那家的阿姨在澡堂跟少爷说了什么来着？是不是说，少爷从来不哭，对吗？过一会儿爸爸回来了，要是问少爷是不是乖乖在家等着的话，少爷该怎么说呢？”

对面人家大门口的电灯照亮了门前的路，久美站在那一小片亮光里，摇晃着背后的小少爷。“快看地上的影子，那边是小少爷的，是不是特别长啊？”

久美哄着背后哭个不停的小泪人，绕着附近走了好几圈。街上空荡荡的，远远能看到澡堂前街角边电话亭里红色的灯光，像沉睡港口的微光一样昏沉孤独。久美走到灯光照不到的阴影里，回头看刚才站的地方。地上有个闪着金光的亮点，大概是瓷器或什么工艺品的碎片，半埋在土里。周围的树墙中，三三两两地漏出电灯透过来的光线。

“小少爷睡一会儿吧，爸爸一回来姐姐就叫你。”久美从模糊的记忆里找出小时候听过的安眠曲哼起来。她自己也急切地想听到青木先生的脚步声了。

虽然说不出口，但昨天和今天，久美像想念亲人一样想念着青木先生，像孩子一样期待着青木先生送给自己的那幅画装到画框中。而一想到这是无依无靠的自己最近唯一的快乐，就又陷入无以名状的孤独之中。

“少爷。——睡着了吗？”抬头仰望，一颗极小的流星就像划过久美的内心一样，划过了深邃的星空。

十六

小少爷在久美背上睡着了。久美回到家，也没给小少爷换衣服，暂且把他放进被窝，又赶忙去把青木先生的铺盖准备好。

洗吉还坐在桌前认真地学习。

久美刚在小少爷身边坐下，接着缝刚才那条衣带，就听见开门声。原本以为会晚归的青木先生回来了。

久美拧亮门口的电灯，把手搭在纸拉门上站了起来。青木先生一边看着刚从信筒里取出的信，一边拉开屋门走了进来。

“您回来了。”久美跪坐在地板上低头问候。

“回来的路上喝了一两杯啤酒，现在还有些醉。”青木先生微微红着脸说道。

“不过您回来得很早呢……刚才还背着小少爷去门口接您，这才刚刚睡下。”

“真是麻烦你了。洗吉还在学习吗？”青木先生脱掉鞋子进了屋。

“这就是画框吗？”久美从青木先生手里接过一个英文报纸包着的大包裹，跟着进了屋。

“画框没买到。在银座转了一圈没找着合适的，现成的没有什么太满意的，只好去琴平町那边的手艺人那儿定做了一个。——那个包裹，你轻轻打开，把里面的东西拿出来吧。”

青木先生换上久美拿来的衣服，去水房洗过手和脸，上了二楼。“洗吉，我买了点儿东西回来，你也出来看看吧。”青木先生朝小厅望了一眼说道。

久美打开包裹，里面有大概十张画板，红的黑的等五种颜色的苏格兰粗花呢绒线，四袋少见的绑着纸绳的酒心巧克力，一个扁扁的小瓶子，像是装的威士忌，还有一瓶像是油炸的蚕豆。红色印章点缀的酒心巧克力的袋子，让人联想起神佛缘日街头的夜店和人头攒动的街道。

久美拿了个小碟，装了些下酒的蚕豆，把一只玻璃杯和酒心巧克力放在托盘上端了过来。

青木先生把手里的信收进袋子里说：“每人都有份。”说完，也给了久美一袋酒心巧克力。“这个蚕豆可香啦。——洗吉不来吗？”说完他自己倒了些威士忌。

“洗吉说他要学习，如果有给他的东西，让我给他送过去。”久美把少见的酒心巧克力的袋子挂在指尖上说。青木先生好像不愉快似的皱着眉头。

“您没去平河小姐那里吗？”久美观察着青木先生的脸色。

“我嫌麻烦就没去。结果正好我出门这会儿，就收到了她的信。”青木先生瞥了一眼刚才的信说。

“老板娘的信……”久美也看了一眼信封，“有什么特别的事吗？”

“没有。”青木先生摇摇头，一口喝掉了杯里的酒。久美拿过酒瓶，又给青木先生倒上。

“尝尝蚕豆吧，上面撒了胡椒，可香了，说是名古屋的名产呢。”

“名古屋的特产，这边也有卖吗？”

“银座就有卖的。”

“包装真好，还是放在瓶子里的。”

“不过里面有些坏的。”青木先生边说边拣了来吃。

久美想，老板娘来信，是不是说已经找到接替久美的用人了，于是就问青木先生是不是这么回事。

“还没有。只是写了些闲话。”青木先生心情似乎好了些，说在京桥附近和泉町的街上，听到街边游女屋里有人在唱清源谣曲，唱得很好听，就驻足听了一会儿。“虽然我也不是特别懂，但三味线弹得好的人唱起来就是不一样。”

“以前我干活的宅子里，老夫人义太夫谣曲[1]唱得很好。——虽然她极少唱，但有时候老爷回来得晚了，夫人就会给我们唱上几曲。”

久美总觉得自己并不想说这些，而是还有更重要的事情想跟青木先生讲，但不知不觉就跟青木先生聊起这些话题。这种感觉，有些像听了《堀川御所夜袭记》或是《野崎村》这些歌舞伎桥段之后的怅然之感，也不知道是不是因为刚才的话题让她想起听义太夫谣曲时的事。

久美忽然发现自己正垂着双眼，双手摆弄着袖角。“那我这就把点心给洗吉拿下去。”她红着脸说。

十七

没过多久就进入六月。待刚穿惯单衣，烦人的梅雨季便接踵而至。雨不知疲倦地下个没完，仿佛要让世间万物都长

① 义大夫谣曲：由竹本义太大所创的日本传统谣曲净琉璃的一个分支，约形成于17世纪末期，特征是融合多种传统的谣曲形式的同时配以豪爽华丽的曲调。

出霉菌。

“这天气真是烦人透顶。”久美扎起衣摆走进水房，对身后的洗吉说着。她把好不容易才洗好的衣服收进来。衣服还在滴着水。久美把衣服集中到晾衣竿的一侧，赶紧拿了个水桶，去接顶棚漏下来的雨水，然后拿抹布擦净四周飞溅的水滴。

“这里就先这样好了，如果其他房间也漏雨的话就忙不过来啦。”结果久美还是放心不下，又检查了一遍屋里的壁橱等地方有没有漏雨。

送饭来的人临近中午才转到青木家这边。来人只穿了一双分趾袜，连草鞋都没穿，从头到脚湿了个透，脸上还滴着水珠。久美见他过来，从厨房下到门前铺的木板上，一边躲着门框上流下来的雨水，一边拿出碗盘餐具。

铺地板的房间如果关上门就会更显昏暗，久美从架子上取下装砂糖的罐子，又弯腰拧着了小铝锅下的瓦斯炉。

久美正忙活着，青木先生从二楼下来给山羊喂食。

在这种雨天，就连给山羊喂食都麻烦得很。青木先生撩起和服下摆，披了一条漏洞的旧毛毯，头戴一顶旧冬帽，拎着装满饲料的水桶来到屋后。饲料里哪怕沾上一点泥山羊都不吃，所以卖菜的放在院门前的蔬菜之类，还要一一洗去雨天溅上的泥水再喂给山羊。

青木先生洗菜的时候，久美就在水井边，也撩起和服下摆，给青木先生撑着伞。山羊躲在湿答答的羊圈的屋顶下，像要招人注意一样咩咩叫着。

下午，久美百无聊赖地在茶室翻着报纸，青木先生也懒洋洋地从二楼下来，说这种天气还是睡觉好了，最后从壁橱里拿出被褥铺盖。

“您要在二楼休息吗？我给您拿上去吧。”久美抱起毛毯和褥子先上了二楼。

久美在二楼的小间房子里铺好被褥。“能帮我把那边的窗帘拉上吗？哎，真是烦人的天气。”青木先生躺在床单上——那是用他自己设计的针迹缝出来的——打着哈欠盖上毛毯。

二楼的画室里照常摆着刺绣用的框子，框子上蒙了一块亚麻布，上面用黑色、黄色和红色的苏格兰绒线绣着藤蔓形状的图案。青木先生说，近期有一个手工品陈列会，要做十块这种夏天的桌旗去参展，所以最近总在一边考虑各种花边图案一边绣在布料上，权当放松心情。

玻璃窗外，四周的树木笼罩在潮湿的白雾中。久美轻轻关上窗外的防雨板，她手里拿着的白色窗帘和腰间的衣带若有若无地映在玻璃上。“您没事的话我就下去了。”久美跪坐在青木先生的身边说。

小少爷在潮湿的家里转来转去，胡乱地玩着。但只要在家里总归是无趣，于是他不顾外面下着雨，跑去门口玩水，衣服都弄湿了。不时还用小小的身体撑起青木先生架在门前的雨伞，看准雨势减弱的时候，跌跌撞撞地跑去对门人家玩。

“久美，久男光着脚跑到外面去，玩得全身都是泥。——你看他拿衣带牵着不知谁家的小狗到处跑，全身都湿透了。”一天下午，青木先生在二楼看到小少爷跑了出去，让久美赶紧把他带回来。

“哎呀，刚才还乖乖地在客厅玩呢。”久美放下手头的活计，急忙撑起雨伞出了门。“少爷，咱们回家玩吧。去玩叔叔刚给你做的小旗子吧？”

久美把小少爷脱下来的衣服扔进书房的盆里。小少爷把粘贴在筷子上红色西洋纸做成的小旗子并排插在榻榻米的接缝里，和洗吉两个人玩得正高兴。

“哎呀，那个花坛里的花都倒了。”久美站在防雨板前擦着缘廊溅进来的雨水，时不时瞅瞅院子里淅淅沥沥的雨丝。花坛里，叶子长得特别像烟草，开着白、红花朵的不知名的小花已经倒在地上，溅满了泥水。

“青木先生，你看水都灌到缘廊下面去了。”转眼到了傍晚，久美一边严严实实地关起外面的防雨板，一边回头对刚刚洗完澡的青木先生说。

“对了，白天还想跟你说来着，昨天晚上已经出蚊子了，有两三只，吵得人都没睡好觉。今晚可得把蚊帐挂上了。”青木先生把毛巾挂在晾衣竿上说。

“昨晚我这边也有那么一两只蚊子。不过我这种粗人，也没怎么在乎就睡着了。”久美搬过餐桌说。

“我可受不了。昨天晚上急忙从壁橱里把包袱皮拿出来裹在身上睡的。”

吃过晚饭，久美从四叠那间屋子的壁橱下层取出散发着霉气的蚊帐。从包裹蚊帐的那张缝缝补补的包袱皮里掉出好多老鼠屎。蚊帐只有一大一小两顶，所以今晚得让洗吉和青木先生在客厅一起睡。洗吉想在客厅也装上蚊帐的吊钩，要在四角都钉上钉子。青木先生发现钉子还少一颗，便在柱子上找了一颗没用的钉子，垫上毛巾用手握紧，嘎吱嘎吱地拔了下来。久美把屋顶的电灯泡拽过来，让两个人手边都有亮。

“刚才外面打闪了呢。”

“外面雨下得挺大的。”睡觉之前，久美把火盆的火炭装进灭火罐里，对正在喝水的洗吉说。

洗吉还要再学习一段时间。

十八

洗吉考试的日子就到了跟前。

包括身体检查一共四天时间。为了赶在市内车票打折的时间段到藏前的学校，久美天还没亮就起床做饭了。

考试头两天天气还算配合，没有下雨。但后两天又下了起来。

“要是今明两天也是晴天就好了。这一下雨，感觉四处都阴暗起来。——今天不带墨水了吗？”小少爷和青木先生都还没起床。拉门里透着倦怠晦暗的灰色，久美拿着袖带站到门前。

“总觉得今天会考不好……也不知道卷子是在哪里印的，印卷子的人要是能偷偷拿一张给我看上一眼就好了。”洗吉说着孩子气的话，看了一眼表，用拿包袱皮的那只手撑开了洋伞。

“没有忘带东西吧？——考试加油啊！”

久美站在那里，目送显得有些兴奋的洗吉走出家门。洗吉心里这么担心，要是能考上的话，他该有多高兴啊。久美心中不由得替他祈祷。

“不知道今天发挥得怎么样。第一科开考已经过去一半时间了呢。”久美和青木先生、小少爷一起吃早餐，聊起了洗吉的事情。

“看他就悬。”青木先生一副事不关己的样子，一脸轻松地喝着羊奶。

“但您看，他之前是那么用功。”久美听青木先生这么说，心中也有些担心。

“冼吉说，考完试马上就回去，说是已经迫不及待想回家了呢。”

“考试真是让人烦。而且他就算回去，也还得马上回来。”

没过一会儿，青木先生从外面的邮箱里拿回来一摞信。其中有一封有些湿的，是许久没有音信的养母从青山寄给久美的。

“谢谢您，给您添麻烦了。”久美正在客厅系头发，她向青木先生道过谢，把头发扎起来，也顾不得还有一半头发披在眼前，急忙擦净沾满发油的手，打开了信封。

久美来青木家干活之后，已经给养母写过两封信了。在第二封信里，她用商量的语气给养母写道，因为找不到代替自己的人，所以她打算在这边多干一段时间。但这封信寄出之后，一直没有等来回信。正在久美心生诧异的时候，养母的信来了。

来信写道：“前一段时间身体不是很好，总是没有腾出回信的工夫。你还是老样子，妈妈就放心了。最近哪天有空，要不要出来见见面？有些话，总是不方便写在信里。不过，其实也没什么大不了的事情，倒是不用着急就是了。”

虽然只有这么点内容，但写信用的全是假名，所以看起来倒是长得很。最后还添了一句:“现在身体已经恢复如初,每天过得和平常一样,不要担心。”对于久美的去留问题只字未提。

久美看完养母的信,感觉她最近十分虚弱。久美从上一个人家出来的时候见过养母一面。虽然对于久美来说,那仿佛是昨天刚刚发生的事情一样,但前后已经过了四个月有余。

想到养母,久美就觉得有一种身不由己的感觉。总之先回一封问候养母的信,寄出去之后等哪天天气好了,再去看望她一趟吧。

久美梳好了头,在身后的镜子里看着自己后面的样子。她正擦着手上的发油,就听见窗格外烟雨之中的树墙那面,也不知道是哪片草地里,传来了一声蟋蟀的鸣叫,那声音就像在寂静之中牵了一条苍白的线。久美忽然想,等这场雨过去之后,就要迎来炽热的夏日。在未来等着自己的,就是让人提不起精神的盛夏中那些无法排解的孤独和寂寞。想到这里,她眼前忽然浮现出放在平河老板娘那里的行李中的三件浴衣的花纹。也不知道那三件衣服会不会因为今年的梅雨留下污痕。

自从上次告别之后,也许久没见过老板娘了。估计她还没找到合适的人选,一直没有联络自己。青木先生好像也打算今后就让自己在家里继续干下去，也没有积极地去找其他人。不过久美总觉得，如果打算干下去，就得跟老板娘说明白，不然心里总有块放不下的石头似的。而且，得赶在洗吉还在时把这件事情跟老板娘讲明，否则洗吉一走，就剩下自己和青木先生两个人在一起，总归不是很合适。

如果早点找到替代自己的人，倒也好早些有个交代。虽然久美想早些和青木先生把事情说明白，但对于她而言的确难以启齿。

久美就这样心情矛盾地坐在洗吉桌前，写好了给养母的回信。正好青木先生要带小少爷去澡堂洗澡，顺便拜托他把信寄出去。

快到中午的时候，洗吉回来了。

“今天怎么样？”久美观察着洗吉的脸色问道。

“无所谓了，今天就剩下玩了。”洗吉满不在乎地说完，脱掉湿透的裙裤挂在衣架上。

“不过您今天回来得真够早的。”

虽然洗吉嘴上说得有些自暴自弃，但看他的脸色并不十分消沉，久美心里一块石头落了地。洗吉靠着纸拉门躺在榻榻米上，估算着昨天和今天两天的分数、计算平均分什么的。

“您还在学习吗？今天早上起得早，还是早点休息吧，不然明天该没精神了。”晚上，久美听到一点的钟声，便在睡衣上系上衣带，去了六叠的房间。

“我刚把抽屉收拾干净。书本什么的，全都一本不剩地收进箱子里了。”说完，洗吉笑着打开壁橱给久美看。“明天考完试，要不要马上就回家呢……”洗吉边说边伸了个没太放开的懒腰。

“哎呀，您那么着急回家？”久美微笑着，从地上捡起几片废纸，“咦，您还喜欢拍照？”

“不，这是别人的照片。”洗吉说完急忙把照片收了起来。

“呵呵，我刚才都看到了呢。”

十九

洗吉考完试，真到了随时都能出发的时候，又说其实还想在这边再待些日子，举棋不定起来。结果没过多久，他去找在外语学校的朋友玩，回来之后说决定等朋友考完试一起回家。

“你朋友考完试是周六，也没有多长时间了。”久美觉得就算这样也够匆忙的。

“但是，还有明天、后天、大后天……”洗吉睡觉前，坐到正在做针线活的久美身边，一边思前想后地说着，一边把玩着长火盆抽屉上的拉环。

出发前一天一大早，洗吉等一起考高等学校的朋友过来，两人出门去市里了。说是从家里出发，坐电车去有乐町，从日比谷到银座大街，最后一路走到须田町。他买了个小孩子爱玩的飞机玩具，还给在故乡的弟弟买了东京知名景点的明信片，下午就回来了。

小少爷要是看见飞机玩具，一定会吵着想要，所以被悄悄收进了手提包里。小少爷对这一切一无所知，他在院子里晒着太阳，弯腰专注地看着红蚂蚁搬东西。

洗吉把疲惫的双腿伸出缘廊，翻看着白天买回来的明信片。久美来到他身边，“昨天的照片，能不能给我一张当纪念呢？”久美也看过明信片后，对洗吉说。

“那么怪的照片，有什么好看的，”洗吉直挠头，但又说道，“你也给我一张，咱们换。”

“我先前照过一次，后来就再也没有照了。就算有照片，要我这样一个下人的照片干什么用呢？”

“真不公平。”

“也是。”久美微笑着收回视线，想起了别的事情。

傍晚，久美来到屋后，想把晾在外面的木屐收进屋，却看见洗吉一个人偷偷在草地上玩起了玩具飞机。

“你明天无论如何都要走吗？”吃晚饭的时候，青木先生问，“之前不是还说，不想那么早回去吗？——虽然你有自己的安排，这样也未尝不可。”洗吉先吃过饭，像小孩子一样抱着脑袋，躺在纸拉门下面。

“我管他借过钱，所以得想办法还给他才行。”洗吉出门寄明信片时，青木先生说道。“数量多吗？”久美觉得如果没有多少的话，自己这里还有些储蓄。“不愁，我去要一圈就能要来的。”说完，青木先生就出门去了城里。

第二天晚上，青木先生去新桥给洗吉送行。洗吉坐夜里九点的快车出发了。

二十

“家里少了一个人，总感觉吃饭的时候有些不习惯。”第二天早晨，久美和小少爷、青木先生三个人坐在摆着面包和羊奶的餐桌前。久美替小少爷拿来黄油刀，忽然发现今天和往常有些不同，就脱口而出了。

“已经过了七点半了。”青木先生看了一眼镜子前的座钟。

“那个钟昨晚就停了。现在大概八点左右了。”久美站起来朝客厅看了一眼，洗吉坐的火车应该今早七点三十几分就到了。“现在刚好八点十分。今天早晨还去拿面包什么的，晚了不少。”

“他这会儿应该已经到家了吧。”

“坐了十来个小时的火车，应该累得不轻。”久美又给青木先生添了一碗羊奶。

青木先生说，他在国外时，有时会坐火车走好远，所以对火车已经彻底厌倦了。“而且，在国外语言也不通，经常为各种琐事犯愁，真是烦人。”说着，青木先生掰开手里的面包。“过几天天气该热起来了，虽然现在天气还好。——这附近树很多，夏天知了多得很。”

吃完饭，青木先生也没有起身的意思。他坐在那里，吸着香烟，看着院墙外面的大树。

久美收拾完餐桌，拿来一条湿毛巾，把小少爷沾满黄油的小手擦干净。“您讨厌知了吗？”她笑着问。

“你看知了一叫就劈头盖脸的，本来太阳烤得就够热了，它们一叫就像烧开了油锅，让人更是热得受不了。”看青木先生的表情，仿佛已经到了令他厌恶的夏天的正午。

“话说马上就到夏天了呢。”久美把小少爷抱起来放在膝上。青木先生好像想起了其他不愉快的事，没有回答久美，盯着自己的指尖看得入神。

久美一时间也没了话题，心不在焉地看着屋外青冈树上，一只蜘蛛一动不动地趴在网上静待猎物。

浅红色的阳光渐渐驱散朝雾，泼洒在四周的植物上。蜘蛛网被光线吞没，小小的蜘蛛一动不动，像被施了定身法一样。树影斜印在地面上。下了这么多天雨，树墙下的叶子蹿出来一大截。

“久美，报纸还没来吗？”青木先生在烟灰缸里掐灭了手里的烟。“刚刚到，忘记给您拿来了。”久美急忙出去拿报纸。小少爷正朝拉门上的玻璃哈气，又用手指涂鸦。“今天已经二十二号了。”久美拿着报纸，看了一眼上面的日期。

久美用抹布把家里擦过一遍，又顺便把洗吉回家后空出来的六叠屋里的壁橱擦得干干净净，只留下放在外面的书桌，剩下不用的书架和洗吉其余的物品都收进了壁橱下层。

“久美，这幅画就挂在这里吧。——你看这样装起来，就像样多了吧。”青木先生把那天送给久美的画装在昨晚取回的宽金边画框里。

“看样子这幅画只能挂在这边了。”青木先生说着，在壁橱左边一块宽一米左右的墙上比画了一下大致位置，用一条红绢编的略粗的江户打绳将画框挂在那里。

“哎呀，整个房间的氛围都为之一变呢。”久美急忙将袖子解开，郑重地坐下来。

“你去把那边楼梯上面柜橱里的锥子拿来。”青木先生从袖口里摸出一只黄铜的自攻螺丝，拧在墙上。

“这样一看，画更醒目了。”久美高兴地往后退了几步，端端正正地坐好。

“不过看起来也没有之前想象的那么好。”青木先生坐到了久美身边，仔细打量着。

“哎呀，我最喜欢下面大理石上映着的颜色了。”

“真的那么喜欢吗？”

“是啊。”久美眼中闪着高兴的光。

“虽然看起来没有先前想的那么好，不过多少也算是成了一幅作品。——把绳子弄短一些吧。——给我一根火柴。”

光顾着看画的久美没发现青木先生指间夹着的香烟。“顺便把那个破破烂烂的桌子收起来吧，我去弄个更好的摆出来。——把这里收拾好，就当久美你的房间吧。”

“哈哈，那可要折腾一阵了。”久美轻轻一笑，从壁橱里把洗吉的被子拿出来放到缘廊边的太阳下铺开，取下脏了的被罩，又在屋后洗了一两件衣服晾到晾衣竿上，擦净手，回到屋里。青木先生已经把原先在二楼摆放瓷器用的橡木小桌挪到了这个房间。桌上蒙了一块青木先生刚做好的麻布桌旗，上面一个绿色的小花瓶里插了两枝小花。

这幅桌旗是青木先生之前做的十幅桌旗中，久美最为喜爱的一幅。桌旗上，用红色的线绣着几只小鸟，上下不到两寸，花色装饰十分适合女性使用。小鸟分别落在两根树枝上，姿势各不相同。

“房间一下子漂亮起来了呢。”久美如是想着，理了理忙乎了一早后有些错位的领口，像松了一口气般又坐在画前，观赏起大理石上映着的绢布那斑斓的色彩。

外面传来正和对面人家孩子玩得高兴的小少爷的声音。朝纸拉门望去，金黄色的阳光透过绿叶照了过来，铺满这间收拾得干干净净的房间的每一个角落。久美心中一下敞亮了许多，拿起梳子梳了梳头，坐着休息了一会儿。太阳照在缘廊旁摊开的被子上。一只蜜蜂在被子上的阳光中翩翩起舞。

久美本以为青木先生已经上二楼去了，没想到他这会儿却从院子里逛了进来。“房间像样多了吧。”青木先生说着，在桌边弯下身，伸手摘去了红色小鸟图案上挂着的线头。

“跟以前完全不一样了呢。”久美微笑着来到青木先生身边，跪坐着说道。

“咱们顺便把你放在四叠那屋里的东西也都拿过来吧，衣箱之类的我来给你拿。”

“我的东西放在那边也行。”

“可是，不把你的东西集中过来，怎么能算得上是自己的房间呢。”青木先生站起身来说。久美刚才还以为青木先生是在说笑，现在才明白，青木先生是为了她才这样做的。

“哎呀，这间屋子真的要给我用吗？”久美有些不好意思。

“以后你想在这里干什么都行，无论是针线活还是别的什么事。在干干净净的屋子里做活才像样嘛。”

久美红着脸垂下眼帘。

青木先生让久美把指甲剪拿来，坐在缘廊边剪起指甲。

“那边我来给您剪吧。”久美来到太阳下。

“不用。这个指甲剪很好用。”青木先生左手拿着指甲剪剪了起来，“太阳下面已经很热了。”

“您看蜜蜂又来了。”久美看着晃眼的阳光，“好像有人来了。”她赶忙跑去门口。

久美想顺着青木先生的好意，回头把四叠那屋里自己的东西都搬过来，再把装着青木先生和小少爷衣物的衣箱分开放好，把左上方的壁橱腾出来，铺些报纸，放化妆用品和身边的小物件。

小少爷垂头丧气地回来，手指含在嘴里，闹着说肚子饿了，要吃的。

“少爷再等等，马上就吃饭了。把这里收拾好了就去。——少爷刚才和对面的小姐玩什么啦？”久美一边哄着小少爷，一边收起缘廊边晒的被子，又用笤帚把榻榻米扫了一遍。

一来二去，热得有些出汗了，所以打开茶室的壁橱去取装点心的罐子时，格子窗外吹来的微风拂过颈边，让久美觉得很畅快。“等会儿招待客人吃饭，做些什么好呢？”久美一边自言自语，一边系上围裙，用布带把袖子系起来。

身穿西装名叫秋本的画家正在二楼和青木先生谈话。看样子两人许久没有见面了。

二十一

“久美，不然咱们就叫个外卖的荞麦面吧。”青木先生怕久美忙不过来，话还没说完，就从楼上下来对厨房里的久美说道。

“已经做了这些，就不叫荞麦面了。不过，感觉还是有些不太够，我去附近叫些寿司来吧。——不过，他们家寿司也不太好吃。”厨房里一团凌乱，久美取下正在炒芝麻的砂锅，有些举棋不定。

“有这些就不愁啦。他吃得比较简单，咱们做这些刚刚好。”青木先生轻松地说道。

久美额头上渗着汗水，把蒸好的米饭移进木桶，又把盛进盘子里的菜装到餐盘上，一盘一盘地摆上客厅的餐桌。她把袖口衔在嘴里，把桌上的饭菜摆得漂漂亮亮。

青木先生说简单就好，所以能称得上料理的只有十来条烤竹荚鱼，配加了生姜汁的三杯醋做调味汁，还有酱油和炒芝麻拌的茼蒿，仅此而已。久美从青木先生的画室借来两个颜色鲜艳、样式简约的深盘将这两道菜盛进去，又把四个小碟子拼在一起，加上一把客人用的筷子，放在餐桌中间。桌旗已经撤掉，换了一张带着淡粉色条纹的桌布。之前摆在镜子前面的那个鲜亮的花瓶里插了一枝锦葵，摆在餐桌的一端。这样一来，餐桌上的颜色倒是十分漂亮。

“青木先生！”久美爬上楼梯，从这边叫道。“您要先下楼看一眼吗？”随即她小声问青木先生。久美还是对自己的布置不太放心。

“没关系，像往常一样就可以的。”青木先生只这样说着，没多久就和客人笑着从楼上下来。

“招待不周，请您多原谅……”久美拘谨地问候着，从平常用的那个盖碗里，把海带丝做的佃煮分成小份，又用托盘盛了一些腌黄瓜。

“这边的房间真不错。”客人从六叠的房间旁的缘廊转回来。他像画里的洋人一样，长长的头发梳着中分，一条葡萄紫色的领带在脖子前打了个大大的结。他一边理着领带一边就座。

“因为来的是你，我没准备大鱼大肉，”青木先生按主人的规矩，把鱼给客人盛到盘子里，“不如咱们晚餐去吃点什么新鲜的，补偿你吧。”

“这样的饭菜就好。在国外的时候，你做的土豆能吃出钉子来，我不也乖乖吃了吗。”客人快活地笑着，端起久美刚刚倒上的葡萄酒喝了一口。

“话说，那根钉子还在鸽子窝里吧。——久美，我和他在法国的小镇上住了一个夏天，平时自己做饭，”青木先生见久美绕到身边倒酒，便笑着对久美说，“正好在那里住了两个月。”

“燕子多得跟下雨一样。”客人说完，用手绢擦了擦眼镜。青木先生说秋本先生前段时间刚从西洋回来。

“哎呀，还有这样的事情。”久美恭敬地回道。她站在桌边伺候两人进餐。

“说到做饭，那段时间发生了不少有意思的事情。”

“还说呢，你尽做些奇怪的东西来给我吃。不过，现在就算想做也做不出来了。”客人笑嘻嘻地掰开了筷子。

“还说呢，当时你就管站在一边搅和，我可是一天要做两顿饭呢。”

“但是出门买东西、打下手什么的，可都是我做啊。”

“打下手谁不会啊。”青木先生干了杯子里的酒。

“哈哈哈，当时是不是要胡萝卜来着？你煮汤等着用，我急忙出去买，结果回来的路上遇到一个卖唱的吉卜赛人，光顾着听歌了，买的东西也不知道丢在哪里，空着手就回家了。”

“你这还不是常有的事。”

“那次你等得不耐烦，便上床睡午觉去了。我一看你睡觉，干脆也上床午睡了。”

“还有还有，你经常得意扬扬地邀功，蜗牛那次。——久美你听听，有一天下午，我看见这个人罕见地连午觉都不睡，跑去下面的运河边上玩了命地捉蜗牛。头顶烈日啊。我还奇怪他捉蜗牛干什么，就从窗口探出头去看。结果你猜怎么着？他满头大汗地挥着包着一大包蜗牛的手绢对我喊，‘你看啊！咱们晚饭有得吃啦！’——河边地上爬满了那种浑身斑点的蜗牛。”

“哈哈哈。你才坏呢，就站在那儿只管看。”

久美也笑了起来，给客人那边添了一些茼蒿。

“茼蒿就这些了？”青木先生问道。

“不，还有一些。——刚才没盛太多。”久美见客人觉得稀罕，吃了很多，高兴地又回到厨房去取。

久美想到小少爷可能饿了，事先准备了两个撒了椒盐的饭团子给他吃。小少爷一个人坐在缘廊边，吃得脸上沾满了饭粒。

“也没什么可招待您的……”久美回到客厅，给两人盛了米饭。

“结果最后终于把那架黄色的马车给卖了。”客人还在继续刚才的话题。

“怎么又受了那么重的伤？是那个经常在窗前挥着红手绢的脸上长了雀斑的女人吗？”

“是那个小她一岁的妹妹。”

“那个特别瘦的女孩子？叫什么来着。——真可怜啊。”

“回国之前，我还特意去了一趟分居两地的母亲那里。她还按着装了假牙的腮帮子问呢，青木先生好久没联络，也不知道怎么样了。她手里还举着那个大大的银十字架呢。”

“她当时是最照顾我的人啊。”

两人似乎是聊到了别的话题。

他们吃完饭，久美把桌子收拾得干干净净，又把自己炒的茶泡了一壶端过去。

“我说，把这个用在女装的带子上如何？”

“说不定挺有趣呢。”

“你先给她做一条，让她系上试试多好。”客人一边指着久美，一边从青木先生拿来的料子里取出他最后绣的那条带子搭在自己胳膊上。

“久美，如果我做一条这样的带子，你会喜欢吗？”青木先生半开玩笑地问。

“会啊。——但是用什么料子做呢？”久美犹豫地问。她觉得在外人面前评论青木先生不是很好。

“面料现在还没有想好，不过总之就是刚才说的花色，像这样绣出来，做成衣带，你感觉怎么样？”

“这样花色的衣带系上之后一定很有趣。但是，如果不是非常花哨的人，是不是和这条带子不搭呢？”久美把茶倒上，端到两人面前。

“要先选对和服。普通的和服估计都和这条带子搭不上。”客人又看了一遍青木先生的作品。

久美觉得好像在逛和服店一样，站在身后欣赏着这些衣带。

青木先生喝了一口茶，“这是之前的茶吗？”

“不。是今早摘来的。”久美重新整理着刚刚袖口不小心扫到的桌上的花。

“这种料子有个性，真有趣啊。”客人赞叹道。他拿着黑色熏染的厚重的金色料子，还有一块柿子颜色的毛织面料。

“你看看下面那片。——那片料子上百合的花瓣，可是我剪了手套上的皮子亲手染出来的。”青木先生笑着说。

“麻线这样用针，和奥地利的农家手工艺品一样。”

久美挥挥手，赶走一只落在那边的苍蝇，又后退两步。

过会儿该自己和小少爷吃饭了，不过没有准备小少爷吃的菜，所以又给小少爷做了他喜欢的鸡蛋卷。小少爷说想就在这里吃，于是久美又把矮桌搬到六叠那间屋里，和小少爷坐在一起。

纸拉门的另一边，客人正说起西洋女人衣服的设计。

“所以，日本的服装，也不要单独去买什么衣带呀领子啊之类的，如果能把所有的衣服配件都统一成独特的风格，一定很有趣。”

“这样的话，咱们就一套一套地先做出来吧。”

“如果不这样的话，就没有穿衣服的感觉。结合自己的个性去选颜色和花样，这不是理所当然的事嘛。”

“不过，如果我光穿你选的那些颜色，那我就成了一幅会走路的抽象画了。”青木先生顿了一拍说。

“那样的话我也会很高兴的。”两个人又笑出了声。

“但是，如果穿衣服都去找画家了那可不得了。”

“你看啊，那些女人为了赶所谓的时髦，从来都不心疼时间和金钱。”

就这样聊着，两人又聊到了画画。客人说，曾经住在帐篷里给鸵鸟写生。在纸拉门这边吃饭的久美有一搭没一搭地听着。

“久美，那边的白衬衫还有两件没有洗。之前的洗过了吗？”久美正在后门把剩下的生姜埋回土里，青木先生走过来问道。

“两位一会儿一起出门吗？”久美回到屋里，重新缝好刚洗好的白衬衫袖口的纽扣。

“我们晚饭在外面吃，晚上会尽早回来的。”青木先生出门之前，小声对久美说。

“客人今晚要住家里吗？”

“不住啊。为什么这么问？”

“那就好。如果客人要住的话，没有合适的被子……”

“不会。他住在他大哥家里。”

久美来到玄关，帮两人把皮鞋擦净。

二十二

“您没有事了吧？”久美拜托青木先生看家，自己去澡堂洗澡。她关好厨房门，拿上准备邮寄的明信片，来到了玄关。

小少爷的牙疼又犯了，刚刚有些好转，在六叠的房间和青木先生一起等着久美。

“今晚对面人家留声机的声音传过来了。”久美回来取忘带的东西，边说边关上壁橱门。

“外面都一片漆黑了。”青木先生压低电灯，将一本厚厚的关于绘画的书摊在膝盖上。

“只是走到路口前这一段有些黑。”久美摸黑一路走到电话亭边的拐角，把明信片投进了蔬菜店前的邮筒里。

一个身穿不太入流的浴衣、腰系一条缎面衣带的乡下女人正在这个简陋的店里买东西。刚从外面送货回来的年轻男人看样子是要出门去市场进货，钻到停在门前的货车底下，往轮轴上挂了些什么东西。男人放在地上的马灯中，红色的火焰轻轻摇曳，让看的人也燥热起来，仿佛预示着要穿浴衣纳凉的夏夜即将到来。

从家里去澡堂的路上，零星有那么两三家店面。其中一家卖各种漂亮的仙贝，瓦斯灯把附近照得恍若白昼。玻璃柜台上摆着的红色、白色的石竹花好像是吸收了瓦斯灯的光芒，分外显眼。周围有两三个女孩子，在忽明忽暗的路边跑来跑去，很是热闹。

回来的路上，久美顺便去了一趟杂货店，按青木先生的吩咐买了钢笔尖。那个已经变形的抽屉里有一个名片盒，盒里的钢笔尖一半已经锈迹斑斑了。还顺便买了一只拢子和一瓶牙粉。

就连这个凋敝的小镇夜间的灯火，都带着若有若无的亲近感，让久美度过了一个怀旧的夜晚。

今天本来想重新盘一下头发的，但下午又来了一个客人，忙乱中没顾上盘头。不过，等久美舒舒服服地泡在浴池里，盘头发的事也就忘记了。在这种心境中，就连隔壁小房子的瓦斯灯也让人安宁。

久美沿着电话亭红色的亮光走过拐角。黑漆漆的路上，一个女人背着小孩子和久美擦肩而过，似乎在跟孩子说着什么。右边杉树墙后人家门口竖着一个“女性束发”的牌子。隔着竹条窗户上挂的草帘子，可以看到里面有个穿着浴衣的男人，还能听到一个小男孩念书的声音。

久美回到家，锁上院门，进到屋里。回来的路上好像还想着要跟青木先生说些什么，不过一进家门就想不起来了。青木先生坐在桌边，正读着那本绘画书。小少爷在他身边，头枕着坐垫，睡得正香。

“久男等不及睡着了。”

“麻烦您照顾小少爷了。我这就把蚊帐挂上。”久美刚洗完澡的脸上薄薄地涂了一层白粉。

“啊，腿上有一只蚊子。”青木先生说着，拍死了蚊子。

“都吸了这么多血了。”

“是啊。”

久美赶紧跑到小少爷身边，帮他盖上被单。“今天小少爷说是要玩马车游戏，拖着一只箱子到处跑，玩了整整一个下午，都累得站不起来了。”她又从壁橱里拿出被子。

“来，咱们给他换上睡衣吧。”青木先生说。

“呵呵呵，哎呀，小手不从这里穿……”久美抱着睡得小脸皱成一团的小少爷，把他放进被窝里。“哎呀，少爷真沉啊。——咦，枕头去哪儿了？”

青木先生也来帮忙，和久美一起把蚊帐挂了起来。

“真是麻烦您了。”久美说着，钻进蚊帐里，把蚊帐四周铺开。

“今晚时间还早呢。”久美从蚊帐里钻出来，手按着头，不让蚊帐挂乱梳好的头发。

青木先生拿了两个坐垫放在缘廊旁的电灯下坐下说，“这边虽然树木很多，但蚊子还算少的，所以夏天好过不少。”

“还真是啊。好些地方这个季节根本没办法像这样坐在屋子里。”

“再过一段时间，蚊子也会多起来。不过，这里的蚊子终究还算少。——虽然蚊子少，但其他小虫会聚集到电灯边。你看，现在已经有好多虫子在飞了。”

久美穿过蚊帐，跑去对面取小少爷的衣物。

电灯挂在桌顶上，在昏暗的庭院洒下一角光亮。右边的青冈树掩映在夜色中，看起来比暗夜更加阴沉浓重。

“已经能听到蝼蛄的叫声了。”久美跪坐在榻榻米边上说。静下心来就能听到，黑暗中被染成一片水色的地面上，浸染着如同烟气一般的“叽叽”的虫鸣。

“今晚有些闷热啊。——唱片也播到头了吧？”青木先生说着，好像在考虑别的什么事情，目不转睛地盯着地面上的一点。

“今天来的客人，是不是以前有一天晚上也来过家里？——我真是一点都没想起来，还问他是哪位来着呢。”久美看着自己洗得干干净净的指尖说。

发现小少爷的衣服上沾了些泥土，久美拿到缘廊边上掸掉，又拿回屋里在衣架上挂好。不过因为蚊帐碍事，便把蚊帐靠桌子那边的一角从挂钩上摘了下来。过了一会儿，久美忽然想起傍晚从晾衣架上收进来的青木先生的衬衫和其他衣物一起放在了四叠的那间屋里。洗衣服的时候，衬衫上的一个扣子掉在了洗衣盆里，久美把它放在仓库外的石头上。一想起来，久美急忙点上蜡烛，打开厨房后门出去寻找。

屋后漆黑一片。洗衣盆就靠在屋檐下的墙根，旁边还有用稻草包裹的成捆的木炭。在朦胧的烛火中，纽扣就在那块洗衣皂旁。蜡烛油滴滴答答地洒在地上。羊圈里的山羊向着火光咩咩地叫着。就连原本以为淹没在黑暗中的后院，定睛一看，也能依稀辨别出栗子树和羊圈墨色的轮廓。

久美在客厅的灯下缝好纽扣，咬断白色的丝线。原本独自待在缘廊那边的青木先生，这会儿拉开入口的格子拉门进了屋，看样子是去看门口的邮筒了。

“洗吉寄明信片来了。”青木先生来到电灯下面弯下腰说。

洗吉寄来的是一封报信的明信片。青木先生读过之后，把明信片放到久美面前。明信片最后写道，“向久美问好”。

“哎呀，跟您的字迹像一个模子里出来的。”

“是吗？我倒觉得他的字有些怪怪的。”青木先生说着，撕开一本和明信片一起寄来的杂志的封皮，随手翻阅起来。

久美整理好线轴，收进针线盒里。“明信片落款的日子是前天，邮寄得有些慢呢。——不过邮戳模糊得很，也看不出来是哪天寄的。”

“这会儿有些累了。——不过现在睡觉是不是过早？”青木先生漫不经心地说着，把火盆上煮的水倒进茶壶。

“壶里的茶叶已经泡乏了。”久美站起来去换茶叶。

“今天这个客人每次来都会待好久。不过，我去别人家也总是一不小心就坐久。——还好，我很少出门，也没什么地方好去……之前在这里做活的阿婆最烦有人来做客了。”

“为什么呢？”

“其实也没有为什么，也许是有外人到家里来，就会觉得有些局促憋闷吧。”

“是啊，阿婆稍微有些奇怪的地方呢——水是不是不怎么热了？”久美翻了翻水壶下面的火，“我先去那边把床铺好吧？”

二十三

青木先生躺下之后，在蚊帐里说压在腿上的被子太沉，不舒服。

“天气热起来真是难受。躺下之后怎么都睡不着，没有什么比这更痛苦的事了。”久美跪坐在蚊帐边，把鬓角的头发理到耳后，又把青木先生刚脱下的衬衫换成刚洗干净的。

“那我关灯了。——晚安。”她关上拉门，来到隔壁的客厅，记好今天的账。已经过了夜里十二点。那件法兰绒的和服，久美打算先收起来，待到九月天气凉些再取出来穿，便把它洗好，铺在膝盖下面压干水分，想着待会儿睡觉时把它铺在褥子下面。

久美瞧了一眼蚊帐里。小少爷大概是觉得热，整个头都歪到枕头下面，屁股都露出来了。久美换上睡衣，在腰上系了一条红色的布带，把白天系的衣带叠好，放在蚊帐外边，便进了蚊帐。“小少爷，咱们好好睡在枕头上吧。看看脑门上出了这么多汗……”久美自言自语地说着，拽过袖角帮小少爷擦汗。

今晚比平时都要闷热，难道要下雨了？

久美把和服铺在褥子下面，又从蚊帐里出来，从壁橱里取出一张半号的和纸，换掉了枕头上的垫纸。电灯将蚊帐绿色的影子映在雪白的垫纸上，显得有些发蓝。久美把电灯罩扯过来，拧灭了灯。

黑暗中久美将小少爷稍微往上挪了挪，又给他盖上被子，自己也躺下来。摸着厚厚的被子，她忽然想起青木先生睡觉前说的话。的确，再盖冬天的棉被，恐怕就要热得难受了。刚刚青木先生说被子太厚的时候，自己居然没有想到这一点。做一床薄一些的夏被也费不了多少工夫。想必去年青木先生也是盖着冬被过的夏。一想到连这点事情都没人帮他张罗，又忽然觉得他很可怜。

久美躺在蚊帐里，瞪着眼睛想了半天。青木先生夏天在家穿的衣服就这一身。就算出门穿的衣服，也只有一件深蓝色的绢面和服、一件白底染花的单衣、两件浴衣和今天穿的这件竖道花纹的纯棉衣服。可以用来换洗的日常衣服一件都没有。

另一件染花的单衣，料子已经有些旧了，几经缝缝补补，现在穿着出门都为难。如果再不添上一件，就要没衣服穿了。难道青木先生去年也是穿着这些衣服度夏的吗？

哪怕再添上一件久留米染花布料的也好……但这件事情，久美很难说出口。只是做床被子怎么都好说。毕竟青木先生本人已经开口了，自己应着青木先生的吩咐做上一床夏被，也是再合情合理不过的事情。

毕竟是夏被，棉花也用不了多少，布扯上三四尺怎么也够了。里面用那种常见的浅蓝色麻料，不到一块钱就能买来。被面找些凉爽的平纹细布应该可以。如果这样的话，不如干脆里面用白色的更搭配呢。这些每样买上两三丈……不过还是买上四五尺，不浪费布料。但这样的话，哪怕再往便宜里算，也要三块五六十钱的样子，怎么也算不上便宜。最近如果有时间去找平河老板娘的话，兴许能和她商量一下。已经有一段时间没有问候过她了，也不知道她近期怎样。

久美越想越精神，一时半会儿睡不着，哪怕闭上眼睛，脑子里也会漫无边际地想个不停。

天花板上传来老鼠咬东西咯吱咯吱的声音。

"久美。"青木先生在纸拉门对过轻声喊道。

"哎。"久美猜青木先生是不是被老鼠吵醒了。

"睡着了吗？"青木先生问，"这咯吱咯吱的，是从哪儿传来的呢？昨天也是，吵得我一夜都没睡着。——是不是哪个壁橱里啊？"

"是啊。昨晚我睡着了，没有听到。——是昨晚就这样吗？”久美从蚊帐里钻出来，拧亮了电灯，“在我这屋的天花板上。”

咯吱咯吱的声音消失了。

“今晚真是闷死了，躺下之后一直没睡着。”

“这样的天可真是熬人啊。——我去给您弄一条湿毛巾如何？凉凉的盖在眼睛上，兴许能好入睡些……”久美拉开纸拉门跪坐在那儿。

“现在几点了？”

二十四

久美忙里忙外的，一直没抽出时间去青山拜访养母。不过这天倒也没有什么事，便想着下午请假去看看养母，回来的路上顺便去老板娘那里问候一下。她一大早找到正在挤羊奶的青木先生，向他说了自己的想法。

小少爷在蚊帐里睡得正香。

久美想趁早上把束发的叫来，便打开壁橱取了随身的小镜子，把鬓角拢好。绿色的蚊帐就在身后，看起来凉爽清新。“那家束发的手艺不错，而且人特别稳当，不会叽叽喳喳唠叨个不停，去她那儿挺好的。”久美在澡堂听别人这样说。

“久美，不然你干脆上午就去好了。久男也不用操心，让他一个人玩就可以。下午那么热，怎么出去啊。”青木先生吃过早饭，一边剔牙，一边看着从外面投进来的摇曳的树影，对久美说。

久美看了一眼柱子上的钟表，“您是说真的吗？小少爷，能不能在家乖乖地和爸爸等姐姐回来？乖乖在家，就是好孩子。”

最后久美还是听了青木先生的建议，一边收拾着出门用的东西，一边等着束发的过来。

“姐姐，那是什么？”久男伸直腿坐在地上，忽然一脸奇怪地朝外面看去，不停地张望着。“什么啊？”久美说，“在哪儿呢？”

“一楼的屋檐。”“屋檐？”“是。”波浪板做的屋檐上面正发出吧嗒吧嗒的声音。

“那是麻雀落在屋檐上。”“麻雀？”“是啊。——是麻雀的旅馆呢。”“旅馆？”“哈哈，少爷就会学别人说话。”久美一边合上细布单衣的衣襟一边说。

没过一会儿，来了一个束发那家的小工，说是束发的上午没空，下午才能来。“哎呀，这可怎么办？”久美有些没主意地站起来。

无奈之下，只好让束发的尽早过来，把小工打发走了。但如果束发的来得太晚，今天就来不及去了。不如今天先把头发弄好，明天再出门也不迟，但是难得今天有空。正在久美犹豫着要不要下次再去拜访老板娘，今天先去养母家时，门铃响了起来。

久美赶到门口一看，来人不是别人，正是平河老板娘。

“哎呀，是您来啦，我正想着要去找您呢。”久美喜出望外地说。

“你要去找我？其实最近也没什么事……刚才差点儿走错路，从下个路口拐进来，正犯愁呢。青木先生在哪儿？”老板娘跟着久美来到六叠的房间。

“刚刚出门，估计马上就回来。”

“反正没有外人，我把外套脱了吧。今天从那边坐电车过来，下了电车又从车站一直走过来，出了一身汗……”

“哎呀，从那边走多远啊！”久美急忙弄了一条干净的湿毛巾，放在托盘上端了过来。

“这个坐垫的花色真好看，是青木先生做的吗？”老板娘用湿毛巾擦过汗，似乎很是受用。

“做好有一段时间了。您那边一切都还好？”久美又郑重地问候道，“好久没去您那边拜访了，之前一直想去，不过总是忙里忙外的……”

“都是我不好。你给我写了明信片，我都没怎么回，都这么久了……但这段时间也没有你的消息，就有些担心你是不是不舒服，水土不服什么的，不是常有的事情嘛。孩子前两天一直发烧，学校那边请了两三天假，在家躺着，前天才刚好起来。”

“这么严重啊。您看我，一点都不知道……”

“已经好了。——久美，你的鬓角梳借我用用。你看，我的鬓角一下就变成这样了。人变老太婆，头发眼睁睁地变少。”老板娘用手指拢着鬓角感慨道。

久美把老板娘脱下的外套挂在衣架上。老板娘说，最近店里一个女服务员不干了，来了个新人，但干得不是太好。“阿安还是老样子，游手好闲的。我说的是另一个，叫阿泽的——好像是自己干烦了吧。”

久美也跟老板娘说起了最近家里的事。洗吉考完试，大前天风风火火地回了家。洗吉一走，家里就剩下三个人，还有小少爷和青木先生的近况，等等。

“小少爷也一起出门了？”

“没有，刚才还在那边玩呢。”

久美说过一声失陪，便站起来，把水壶放在瓦斯炉上，想烧水沏茶。

“久美，你不用忙乎啦，不用沏什么茶啦。——先不说这个……今天我来没别的事，是找到一个特别合适的人来接替你。”

“哎呀，是这样啊。”久美过来跪坐在拉门前。

“你过来我跟你说——不用给我沏茶啦。”

久美坐到柜橱旁边，顺便给老板娘倒上茶。“这是昨天从大阪收到的奈良腌菜，您尝尝吧。真是不巧，这会儿什么茶点都没有。”久美拿出一个小碟子，里面放了些切成小丁的腌黄瓜和腌茄子，还有一只牙签。

“哎呀，这真是少见呢。之前我教女学生的时候，有一个那边来的学生时常送我这些。那边的腌菜有些发甜。”老板娘一边说着，一边去门口拿来一个包袱皮包着的包裹，看起来像是手礼一类的东西。“不是什么值钱东西，你就收下吧。待会儿给小少爷。——接着说保姆的事情，我好不容易才找到一个看着能托付的人。久美你还记得先前咱们在千驮木的时候，在去大观音堂的那个拐角旁边有个卖陶瓷的商店吗？都好久之前的事了。”

“我也记不太清是不是有那么个商店了。”久美红了脸，试图在还原记忆模糊的那条街道。

总之，就是老板娘前些天出门，回家路上偶然路过那条街，在店门口遇到久违的店老板娘，就聊了起来，说到了青木先生家想要找个保姆的事。结果没两天，人家就特意写明信片告知老板娘，说有个不错的人选。昨天保姆本人就找上门来，去拜访老板娘。

说是四十六岁，但本人看起来更老一些。听她讲了好多以前的事，看着是个非常直爽、脾气也不错的女人。说是早年和丈夫分离，吃了很多苦。

“她之前在小石川的一家私学做些打水做饭的活计，一干就是七年。前段时间，那家私学的校长娶了媳妇，就不需要雇保姆了，但是突然辞掉她也不太忍心，就让她在那边又干了半年有余。但是那些杂活毕竟有其他用人干，当个多余的人心里终究是过意不去，于是前些天告了辞，暂住在侄子那边。

“但是，说是侄子那边也不好长住。总之，就是她人肯定是没问题，我大致已经问得差不多了。——一直让你在这里受累，我心里也是过意不去。这样一来，也能让你回到我身边了。到今天你干了多久了？”

青木先生像是回来了。

老板娘说是原本今天就打算带保姆过来，但今早保姆忽然找到老板娘，说今天日子不太好，想改成明天。

“你看，她来的时候我费了半天劲，都换好衣服了，所以我说，那就今天我先去把事情交代清楚，然后直接就出门了。其实这样安排也正好，我忽然带个人来，感觉也有些唐突。”

老板娘话音刚落，青木先生就进了屋，“好久不见。——看着门口有一双女木屐，我还奇怪是谁来了呢。”

“哎呀，这花真漂亮。”

青木先生大概是去了临街的卖盆栽的商店。

“就是颜色有些怪……”

这是一盆淡紫色的西洋的花，外面套了一个漂亮的小篮子，青木先生把花摆在桌子上。

老板娘赶紧把保姆的事情跟青木先生说了一通。

“哎呀，是这样啊。那已经跟她定下来了吗？咱们去客厅，坐下来好好说。这边感觉有些挤。”

久美拿起茶壶，也朝客厅走去。

“看，这边是不是稍微凉快一些。”青木先生在客厅那边说。

“久美，都快中午了，你看我来这个时间真不巧……”老板娘在起居室里说。

久美也开始准备做午饭。

“久美，你下午不是要去青山那边吗？——我这就告辞了，你是不是打扮一下，准备去梳头了？”老板娘似乎是跟青木先生谈完了，来到久美这边说。

“不用，那边什么时候去都来得及，您慢慢聊。午饭我都快准备好了。”久美从壁橱的抽屉里取出老板娘用的饭碗，细心地擦拭着。

青木先生也过来挽留，“不用这么着急走嘛。来看看我画的这幅画吧。我最近都没什么作品……”

“刚才我就看到了。画怎么挂在这种地方呢？”

两个人站在青木先生送久美的那幅画前。久美在厨房盛着准备上桌的炖鱼，心里想青木先生送自己这幅画的事，要是让老板娘知道的话，心里多少有些尴尬。她已经习惯了青木先生拿自己当一个女人看，在别人看来说不定显得有些得意忘形。

老板娘在那边一个劲儿地称赞，说青木先生家里到处都干干净净、整整洁洁。

二十五

没过一会儿，小少爷从外面回来了。

“哎呀，小少爷怎么从那边进屋了。从那边进来的话，就要好好跪下给阿姨问好，”久美解下袖子的绑带说，“小少爷先别动。衣带后面都松了，看看你的小手，可真‘干净’啊，是不是挖土了？先来把手洗了。等会儿衣服也得换了。”久美拿出干净衣服，顺便给小少爷把脏衣服换下来。

待她忙乎完之后，其他人已经到客厅坐到了餐桌前。

“久男非要坐在大姐姐旁边吃，久美你也来这边一起吃吧。你一道一道上菜也够麻烦的。”老板娘帮青木先生盛饭。

“来，小少爷坐这里。看看你，喊着大姐姐大姐姐的，光给大姐姐添麻烦。——大姐姐不在咱们家了可怎么办啊？”青木先生说。

“小少爷说要给阿姨添菜。那爸爸呢，给不给爸爸啊？——哈哈，真是个懂事儿的孩子。”久美微笑着坐在小少爷身边，伺候他吃饭。

“好不容易才跟久美混熟了，又要换人的话，小少爷怪可怜的。”老板娘说着，也拿起筷子准备吃饭。

“我也不想啊。本来想让久美一直在家里干下去的，都怪你，找什么劳什子保姆来。”青木先生面无表情地说着，倒是看不出来是在开玩笑。

“合着最后我成坏人了？但那又有什么办法呢，对吧久美？”老板娘笑着从和服的袖袋里掏出手绢。

“小少爷一脸迷惑地看着两位呢。”久美一边细心地伺候着小少爷一边说道。

“今天的饭菜味道真好，久美做得真不错。”老板娘对久美做的炒牛蒡丝赞不绝口。

“您觉得如何？您那边的凉菜是不是不够？”

“不。现在这样刚刚好。你是怎么把鸡蛋放进鱼身子里的？这道菜也特别好吃。久美你是什么时候学会这些的？一定吃了不少苦吧？”

受到老板娘接连的称赞，久美有些不好意思地垂下了目光，去拾起小少爷掉在膝盖上的米饭粒。

几人正在吃饭，从门口传来一声女人打招呼的声音。

“请不用在意，大概是束发的人来了。这来得可真不是时候。”久美说着，站起来往门口走去。她想，不如干脆明早再梳也来得及，便把束发的打发走了。

“哎？怎么把人家打发走了？现在梳不也挺好的吗？快把人家叫回来。是因为我在不方便吗？”

“不，才没这回事呢。人家已经走远了。”久美说着，拢起耳后的头发坐了下来。

“看你真是的，你就在那儿让她把头发弄好，不就完事了嘛。”老板娘客气地说。其实久美本来想那样，但那样多少显得自己有些随便。——反正今天梳明天梳都一样。

“这个束发的怎么样？”

“今天我也是第一次叫她来，不太清楚。——不过怎么说呢，让不熟练的人来束头发，也是难受得很呢。”

“久美束发也很好看哦。”老板娘对青木先生说。

“现在这个西洋发型梳了一段时间，结果现在再梳日本发型，鬓角总是奓起来，可别扭了。”

“也不一定。你常压一压就好了。但这样头发容易断……”

等其他人都吃好，久美才到一边吃饭。

“久美啊，你去给院子里的手水钵添些水，等收拾得差不多就过来吧。——哎呀，这幅画真好。”老板娘路过那幅画时又忍不住说道。

“青木先生说，要把那幅画送给我。”久美放下筷子，迟疑了一下，说道。

“青木先生也跟我说过。真是个能留得住的纪念啊。”老板娘好像并不在意，似乎早就知道了。

四个人围着桌子坐下来，一起享用老板娘带来的樱桃。屋外路过一个卖金鱼的，拉长了音调的吆喝声从窗外传进来，久美仿佛看到了又浑又腥的水中密密麻麻地蠕动着的红色。

“这座房子夏天也是很凉快的，是不是房屋结构比较好？”老板娘说道，“不过，这边和市里相比，温度完全不一样吧。”

久美把小少爷吐出来的樱桃核放到托盘边。

“但这边知了特别多，吵得很。”青木先生点上一支烟卷。久美想起不久前青木先生也曾这么说过，觉得他大概厌恶知了到了极点，不由得微笑起来。

之后，老板娘又是去二楼，又是去后院，逛了好一会儿，在午后日头余威尚存的时候回去了。

刚才久美没在的时候，青木先生好像又问了一次老板娘，能不能让久美再在家里留一段时间。

“具体怎么安排，全都看久美的意思，我一点意见都没有。不过，你养母是不是也有你养母的想法，我没有把话挑明。要不要留下，你得好好想想吧？——不过，总归是回去比较好。虽然青木先生有些可怜，但对你来说，今后也得跟着会干活的女人多学些手艺才行。”久美从后门出来的时候，老板娘把她拉到树荫下悄悄说道。

青木先生说出门送送老板娘，顺便去趟澡堂，和小少爷两个人一起出了门。

久美坐在缘廊边，把头发解开，重新梳好。她觉得有些事情忘记和老板娘商量了，仔细想想，青木先生的夏被也是其中之一。老板娘临走前说让保姆明天一个人过来，也不知道第一次来的人能不能顺利找到这里。久美多多少少有些担心。

梳完头擦掉手上的发油，久美不经意间瞥见了养母写的信。虽然很快可以回到平河老板娘那里，但自己今后何去何从，心里仍然没底。

她坐在那里，茫然地看着对面人家二楼的屋檐，那屋檐正裹在金灿灿的夕阳里。其实她不是很想一直待在老板娘家里受照顾的。能够敞开心扉商量这种事情的人，久美身边一个都没有。

久美一边打扫着自己梳头的地方一边想，青木先生像待家人一样对待自己，像在家里一样安心地住下的这两个月，大概是自己未来的人生中最美好的回忆了。

她打开壁橱，把上午老板娘来之前慌忙收进去的衣服拿出来，连刚换好领子的贴身衣服一起叠好。忽然想起来，要不要把那条不太好的衣带拆开，给青木先生做一条夏被。这条衣带去年做好之后还没怎么系过，平纹细布面上，是抽象的蝴蝶形花纹，看上去很是清新悦目，正好适合这个季节。这样的话，只需要买里面和棉花就可以了。——不如干脆悄悄把里面和棉花买来，背着青木先生做好。想到这里，久美打开衣箱，把夹在衣服中间的那条衣带取了出来。

她取出尺子算了一下。衣带大概长一丈，哪怕是打出富余量来裁，还能省下一尺。宽两尺有余，如果两边不缝两寸进去的话就太宽了。久美还是不放心，又从壁橱拿出了一床被子，量了量尺寸。

收拾好后，久美把衣带拆开，一边拆一边想，还是把布料浆过之后再缝比较好。所以真正开始缝，只怕要等到明天下午了。她把衣带从头到尾查看了一遍，发现贴着后背的部位有些变色，像是泥点溅上去的痕迹一样，黑色的斑点向四周渗开。等会儿把这里打湿洗一下吧。

久美用剪刀剪开缝带子的线，每解开一个针眼，就重复一遍自己内心的落寞。

二十六

“您去过澡堂了吗？”

“老板娘让我代她向你问好。——久男非得跟着老板娘走，结果一直跟到了菜市场。”

久美正在后院的羊圈外摘着菜豆，青木先生来到她身边，从袖袋里拿出烟吸了起来。太阳已经沉到栗子树对面的邻家屋檐下，四周绿色的树影仿佛刚刚从一天的燥热中缓过劲儿来。

“我想摘些菜豆，才刚刚摘了这么一点儿。”久美拿着一个不大点的笸箩从菜地里出来。

“才十来个呀。”

“倒是没这么少。不过个头都不大就是了。——总归是自己家里收的，吃起来心情都不一样呢。”久美弯腰放下笸箩，一只只地择掉豆荚两边的梗，打算把菜豆放进刚才用马铃薯和猪肉炖的西式浓汤里。“今天还是没去成养母那里。”

青木先生也蹲下来，帮久美择了一两个菜豆。

“不过我也没跟她约定具体哪天去，回头等保姆来了，我走的时候顺路去见一面就好。”久美把择好的菜豆放在膝前说。

“保姆来之后也不用着急走吧？这几个月每天都那么忙，在这边休息五六天再走多好。现在有人看家了，我带你出去玩一整天也可以……”

“哪能劳您这么操心……”久美有些不好意思。

“但这样的生活，多少也有些累了吧……”青木先生半开玩笑地说。

“保姆来了之后，蚊帐恐怕也不够用。”

“蚊帐好说呀。买一个也行，借一个也行啊。”青木先生笑道。

“要是您愿意和小少爷挤一晚，我和保姆挤上一晚也没什么。这个家里的事情，我和保姆有一天时间大概就都能交代完了……”久美拿着笸箩站起来，看着院子里吃食的山羊说道。

“老板娘跟你说什么了吗？”

“没说什么啊……您怎么这么问？”

“怎么说呢。……我说，能不能让久美再待一段时间，结果她没有同意。虽然不知道这次会来一个怎样的保姆，但这种生活我已经厌倦了。要是没有久男在，我干脆找个人家当房客也行。不知道有没有人愿意收下那孩子。”青木先生看到栅栏里有一颗钉子冒出了头，伸手过去摇晃着钉子，想把它拔出来。

久美体会到青木先生的心情，仿佛事情发生在自己身上那样不由得悲伤起来。

“用手是拔不下来的。钉子这样，山羊碰上会受伤的。”

“小少爷现在在哪儿？”久美忽然想起了小少爷。一想到小少爷和新来的保姆相处习惯之前都会是一副怅然若失的神情，她心里就涌起无限的怜爱。

“如果您不快续弦，那今后总会是这个样子……”久美一边择着笸箩里绿油油的菜豆，一边垂下眼帘劝青木先生，“只要肯找，总能找到合适的人……”

“无论怎样，我犯愁的始终是他……”青木先生欲言又止，若有所思地盯着在空气中飘散的烟，似乎心中在想着其他事情，有些魂不守舍“但是妻子什么的根本不靠谱，要是再来个怪人谁受得了。……你看，这个季节真少见啊，那儿有两只蝴蝶相伴而飞呢。”青木先生看起来像是想起了不愿意想的事，故意岔开了话题。

“您看天都黑了呢。”久美也看到后院秋千的支柱旁有两只黄色的蝴蝶在比翼双飞。

“几天没看，玉米都蹿那么高了。”

“那边的花圃里，撒了好多花种呢。”久美想先告辞回去。

“久美，你后背上黏了一个线头。”青木先生叫住久美。

“是吗？刚才我正好摆弄线来着……”

“再往上点。我来给你拿吧，你等一下。”

“麻烦您了。”久美红着脸说。

“你自己梳的头？”

“看起来很奇怪吗？”

“不，很漂亮。—— 回屋去吧。我也回去好了。”

“哎呀，好大的狗。这段时间经常从那儿进进出出呢。”久美指着对面的树墙底下说。

“那是谁家的狗呢？—— 那边草长得挺高的。”

“上次摘桑葚的时候，那边的空隙只够伸一只手臂进来，一定是那只狗把空隙弄大的，”久美忽然想起来说。“第二天您就送了我那幅画。现在想想，好像是很久以前的事情了。”

“那之后我光闲着，什么都没做。以后一个人闲着无聊了就画画吧。”

两个人聊着，回到了屋里。厨房里已经开了灯。“真不想让你走啊。”青木先生边往客厅走边说道。

外面传来了小少爷和邻居家女孩子的歌声。和着歌声吹起竖笛的，应该是对面人家的老大。久美觉得这是自己一生最悲伤的一个下午了。

她点上瓦斯灯，架上锅准备煮菜豆。把焯过的菜豆放进锅里，再调好味道，西式浓汤就做好了。

青木先生来到客厅，从壁橱里取出了威士忌。

“你忙你的。我就拿过去喝上一口。”青木先生说道，但没过一会儿客厅又传来了青木先生叫久美的声音。

“您叫我？”久美走到青木先生坐的餐桌旁。

“你再过来一些。今晚什么都不用做了，坐下来，给我倒酒吧。”青木先生少见地吩咐道。

“您稍微等一小会儿，吃的东西这就做好了。”虽然时候尚早，久美把屋里的灯拧亮，继续去忙活做了一半的菜。小少爷刚好回来了。

那天晚上，久美拜托青木先生看家，自己带着小少爷去四谷买东西。“今天小少爷要什么，姐姐都给你买。咱们快去车站吧！”久美在大门口这样对小少爷说道。

小少爷不知道今晚会是最后一次和久美出门，第一次穿上浴衣，兴高采烈地走在前面。

“久美姐姐，前面有一盏红色的灯！”小少爷停下来，等着久美。

“那是电话亭。来，咱们快走！”久美拉起了小少爷的手。

久美谁也没有告诉，今天去四谷，是为了去买被子的棉花和里面，她腰上系的衣带即将成为被面。

（大正二年七月—十月）